Oscar bestsellers

LUCA E CLAUDIA

NOTTE PRIMA DEGLI ESAMI

OSCAR MONDADORI

I edizione Varia arcobaleno maggio 2006
I edizione Oscar bestsellers febbraio 2008

ISBN 978-88-04-56899-5

Questo volume è stato stampato
presso Mondadori Printing S.p.A.
Stabilimento NSM - Cles (TN)
Stampato in Italia. Printed in Italy

www.librimondadori.it

Indice

Notte prima degli esami

L'ultimo giorno di scuola

Roma, giugno 1989

Quando l'ultimo giorno di scuola dell'ultimo anno di liceo suona la campanella dell'ultima ora di lezione, hai come la sensazione che quello sia l'ultimo secondo della tua adolescenza. Gina, la bidella, si diverte a farla suonare per un tempo che ti pare infinito. Sospeso. E tu senti il bisogno di sottolineare il momento con una frase storica tipo: "Che la Forza sia con noi!" oppure "Campioni del mondo! Campioni del mondo! Campioni del mondo!". Ma, soprattutto, hai una gran voglia di far saltare quel tappo di angoscia che ti ha chiuso la bocca dello stomaco per cinque lunghissimi anni.

Oggi io, Luca Molinari, diciott'anni compiuti da poco, sono stracarico di adrenalina: mi sono finalmente levato dalle scatole cinque anni di liceo scientifico! Davanti a me rimane solo l'esame di maturità, ultimo scoglio prima del totale cazzeggio, del meritato fancazzismo che mi sono riproposto per l'estate. Vacanze. Vacanze. Vacanze. Per tre lunghi mesi. In attesa di capire cosa farò a partire dall'autunno prossimo. Fino ad allora il mio motto sarà: "Va' dove ti porta la vita". Certo l'esame mi mette ansia, ma lo vivo come l'ultimo decisivo sforzo verso la libertà. Come il tuffo di Papillon per evadere dall'Isola del Diavolo, come l'ultima ripida salita di Beppe Saronni nei Mondiali di ciclismo dell'82, come il rigore che non puoi sbagliare nella finale contro il Liverpool!

Verso la libertà. Fuori dall'aula, nel corridoio che conosciamo a memoria, che abbiamo percorso centinaia di volte ridendo e mangiando focacce unte, e che ora rappresenta l'enfatica via di fuga verso il futuro, tutti i miei compagni si abbracciano felici. I più diligenti si danno appuntamento per prepararsi insieme all'esame. Da subito. Cazzo, proprio oggi dobbiamo cominciare? Qualcun altro, più normale, sta già organizzando una festa per stasera. Alcune ragazze riempiono di baci e abbracci Gina, la bidella, complice di tante sigarette fumate di nascosto in bagno e di tante pizze con la mortadella divorate a ricreazione. Massi, come al solito, si apposta dietro Santilli, il secchione della scuola, e, come sempre, gli assesta un terrificante "colletto", mentre Alice e Simona, più sorridenti che mai, ronzano attorno alla nostra prof di Scienze. La meno severa e dunque la più tartassata negli anni. Quasi un'amica.

Io no. Io penso ad altro. Se dovessi descrivere la mia condizione in un tema, con una bella frase scolpita per far colpo sul prof di Lettere, scriverei che sono "avulso da questo contesto idilliaco". Mentre tutti gli altri miei compagni se ne vanno felici, io mi blocco e torno indietro. È arrivato il momento di togliermi un fastidioso sassolino dalla scarpa. In un attimo, senza nemmeno pensarci, mi ritrovo proprio là, sulla soglia della temuta sala professori. Il luogo dove loro, i nostri aguzzini, hanno riso di noi e, sadicamente, hanno continuato a ripetere ai genitori la frase che per tanti anni mi ha perseguitato: "È intelligente, ma non si impegna… può fare di più". Dietro la porta: lui. Antonio Martinelli. Il più bastardo prof di Lettere della storia dell'umanità. Lui è capace di abbassarti il voto solo perché sbagli di un paio di giorni la data di nascita di D'Annunzio, è fissato col farti imparare le poesie a memoria come alle elementari, e nei temi è un maniaco dell'uso corretto del punto e virgola, e delle parole che mai e poi mai useresti parlando con i tuoi amici. Come "avulso". Bellissima parola. Avulso. Martinelli ha un soprannome che si tramanda di classe in classe. Da quattro generazioni di studenti. Per tutti Martinelli è *la Carogna*. Per lui, invece, io non sono uno studente, né una persona. Sono solo un numero. E precisamente un sei meno meno.

Insomma, lui, da tre anni a questa parte, è il mio peggior nemico, e io lo odio per quell'umiliante sei meno meno col quale mi ha sempre bollato. Il tatuaggio indelebile della mia condizione scolastica: sei meno meno. Cioè: "Sei *un* meno meno". Ma ora che la mia esperienza scolastica è giunta al capolinea, sono deciso a vendicarmi. Alla grande. Voglio vomitargli in faccia tutto il mio disprezzo per il suo carattere spigoloso, per le sue imbarazzanti freddure e per le sue terribili giacchette quadrettate sgualcite che, soprattutto nella versione grigio-verde, mettono in evidenza, sulle spalle, delle agghiaccianti, schifosissime scaglie di forfora.

Lo intravedo mentre, disgustoso e trasandato come sempre, cerca di fare il piacione con la Lattanzi, una trentenne decisamente attraente, l'unica prof della scuola che tutti si farebbero. Lei gli sta dicendo: «Ti ringrazio molto per il libro, Martinelli. Ci vediamo agli scrutini, per allora l'avrò letto di sicuro».

E lui: «Bene, così mi dici che ne pensi. Kundera secondo me è uno che sta avanti anni luce. In questo suo romanzo, autobiografia e intrecci sentimentali si fondono parlandoci molto di noi, della nostra insostenibile leggerezza dell'essere... Molto meglio di Eco».

Disgustoso. Carogna. Schifoso. Lascio che finisca la

sua ignobile pantomima da intellettuale sfigato e poi faccio qualche passo verso di lui, per affrontarlo.

Lui sta sistemando il registro dentro la sua logora cartella, pure lei forforosa.

Io mi piazzo davanti a lui. Respiro forte. E tolgo la sicura.

«Professore, posso rubarle un minuto?»

«Solo un minuto Molinari, non vedi che vado di fretta?»

«Volevo solo dirle che lei è una merda.»

Mi sento bene. Cazzo, mi sento benissimo! Freddo e risoluto. Una macchina da guerra che punta dritta all'obiettivo.

«Sei venuto per dirmi questo?» replica il prof senza scomporsi.

«No. Volevo anche dirle che lei ha rovinato gli ultimi tre anni della mia vita facendomi persino odiare la scuola; che lei è un fallito di dimensioni cosmiche; e che se la prende con gli alunni perché sono gli unici esseri umani su cui riesce a sfogarsi!

«Sa che mi fanno vomitare le sue giacchette anni Settanta? E la forfora che c'è sopra... è compresa nel prezzo? E mi fa cagare la sua borsa che sa di muffa. Sappia che queste cose le pensa anche la professoressa Lattanzi. Altro che quella palla di Kundera. Una così, a uno sfigato come lei, non gliela darà mai.»

Mi sento bene, cazzo, benissimo. Peccato che non ci sia nessuno ad assistere al mio trionfo. L'ho umiliato e mi meriterei una standing ovation. Avrei quasi voglia di girarmi verso il mondo per gridare a tutti: "Campioni del mondo! Campioni del mondo! Campioni del mondo!".

Ma il mio entusiasmo scema velocemente di fronte alla reazione del professor Martinelli. Non sembra particolarmente offeso, anzi: continua ad avere stampato sulla faccia il suo ghigno divertito. È *davvero* divertito. Perché non raccoglie i miei insulti? Perché non mi manda a quel paese?

«Hai saputo del professor Santoro?» mi chiede con voce melliflua.

«No, che è successo?»

«Si deve operare tra pochi giorni.»

«Ah, non lo sapevo…»

«E quindi non potrà più essere il vostro membro interno agli esami.»

Cazzo.

«E indovina un po' chi sarà il suo sostituto?»

Il cuore mi si ferma.

Provo a ribattere, poco convinto, con un timido «Sta scherzando?», sapendo bene che in tanti anni non l'ho mai visto scherzare. Ma lui non si scompone più di tanto e, uscendo dalla stanza, senza neanche guardarmi in faccia, mi pugnala con un: «Io non scherzo mai». Com'è nel suo stile. Di merda!

Quando l'ultimo giorno di scuola dell'ultimo anno di liceo suona la campanella dell'ultima ora di lezione, sei sicuro che quello sia l'ultimo secondo della tua adolescenza.

Grandissima cazzata!

Sono un uomo morto

"Bella stronzata che hai fatto Luca!" mi dico uscendo dalla sala professori. Me lo ripeto scendendo le scale, poi attraversando l'atrio e, infine, ad alta voce raggiungendo Alice, Riccardo e Massi, abbarbicato come al solito alla sua ragazza, Simona, che continua a tormentarsi i capelli ricci cotonati, col ciuffo. Siamo un bel gruppo. Alla moda anche. Timberland d'ordinanza. Vestiti Naj-Oleari o Best Company. Jeans Levi's 501 oppure El Charro. D'inverno il bomber oppure il piumino Moncler. Ogni giorno zainetto Invicta. E soprattutto i cari vecchi Dr Marten's. Ce li ho anch'io nonostante mia madre abbia sempre cercato di nascondermeli o di buttarli via da quando avevo quindici anni.

Il nostro gruppetto è tutto lì. Ah... manca Monica, la mia ragazza, che è più grande di me di un anno e già va all'università. E se la tira perché ascolta i Police, Lou Reed, il Boss e Battiato che canta "tra Beethoven e Sinatra preferisco l'insalata".

Massi, il mio migliore amico, sta litigando col pedale dell'accensione del vespino. Lui è lo studente che detiene il record italiano di nonni morti: 35 poveri vecchietti sacrificati per dribblare le interrogazioni! Quando suo nonno se n'è andato per davvero, dato che a Roma nevicava da tre giorni – un evento storico –, la scuola era chiusa. Più sfiga di così. Un sacrificio inutile.

«Bella cazzata che hai fatto» è quello che mi dice anche Massi. Per poi infierire crudelmente: «Se Martinelli ti promuove, l'anno prossimo l'Ascoli vince la Coppa dei Campioni».

Sono spacciato.

«Fammi andare, va'» mi dice spintonandomi quando riesce finalmente ad accendere la sua vespa giallorossa, l'unica con le figurine di Bruno Conti e Ubaldo Righetti incollate sopra «che se la Carogna esce e ci vede assieme mi sega pure a me! Dài, Simona, te dai 'na mossa che annamo?»

Simona sta chiacchierando con le amiche lì vicino. Le saluta ridendo: «Scusatemi, ma ho ricevuto un elegante invito dal premio Nobel dell'educazione. Ciao, Alice, ti chiamo dopo».

Anche Alice non vuole credere alle sue orecchie. Alice è la mia migliore amica. Il destino ha voluto metterci seduti vicini il primo giorno di scuola della prima elementare e, da allora, è una tradizione quella di stare di banco insieme. Parlare con lei degli argomenti più disparati sdraiato sul divano bevendo uno Yoga alla pera è una delle cinque cose più belle al mondo!

Quel pomeriggio vado da lei. Disperato. Stiamo in camera sua. È una stanza molto graziosa. Con il letto sul soppalco. Le pareti sono invase da poster, fotografie, disegni. C'è pure una sua gigantografia: il suo volto riprodotto in quattro riquadri colorati, come Marilyn in quella famosa opera di Andy Warhol.

Mi passa il succo di frutta. Alla pera.

E cerca di essere pratica.

Per Alice ho solo tre possibilità per salvarmi.

Uno: il buco dell'ozono si allarga e ci stermina tutti.

Due: un meteorite gigante passa attraverso il buco dell'ozono e *bamm* si schianta sulla casa della Carogna, rimbalza, abbatte il ministero della Pubblica Istruzione e gli esami vengono annullati.

Tre: devo chiudermi in casa e studiare... studiare... studiare.

Delle tre, quest'ultima mi sembra subito l'ipotesi più improbabile.

Sono sicuro che mi bocceranno per la grandissima stronzata che ho fatto. Bene che vada sono uno che aspira al 40, 42 al massimo. Ma ora mi sono rovinato con le mie stesse mani!

La mia ultima spiaggia, l'unico che può davvero capirmi è Riccardo, il mio miglior amico... Sì, lo so, l'ho già detto per Massi e Alice... c'ho tre migliori amici... mica si può fare l'hit parade dell'amicizia!

Il mio terzo amico del cuore, come al solito, giocando l'ennesima interminabile partita di Subbuteo, mi consiglia di fregarmene: «Ma che ti frega, Luca! Hai fatto la primina, no? Torni in pari. Non è mica morto nessuno! Una bella cannetta e passa tutto!».

Facile a dirsi per lui, mezzo francese e mezzo pazzo, visto che non credo esista niente al mondo capace di scuoterlo. Geniaccio a scuola nonostante non studi praticamente mai, Riccardo ha un atteggiamento fatalista verso qualsiasi cosa. Dice sempre che se deve succedere qualcosa, succederà! Cammina come Michael Jackson nel video di *Thriller* ed è pettinato come Awana Gana. Sarà per questo che ha sempre una canna in tasca, è particolarmente aggressivo e guida come uno schizzato: è l'unico tra noi ad avere la patente e le sere che può prendere la macchina del padre scattano spedizioni a Saturnia per farci i bagni caldi e sulfurei o altre allegre scorribande.

Eccoci di nuovo tutti insieme, al solito bar della solita piazzetta, il nostro luogo di ritrovo.

Io sono sempre più depresso.

So bene che tutti loro avrebbero mandato volentieri a quel paese Martinelli. Ma l'unico coglione che l'ha fatto sul serio sono io!

Massi continua a cazzeggiare. Dice che forse non è più il caso di farci vedere insieme, soprattutto dal prof Martinelli. Insomma, si dissocia da me!

Simona ci prova anche a farlo smettere ma quando Massi comincia col cazzeggio, bisogna spararagli per fermarlo. Massi è il più simpatico cazzaro che abbia mai conosciuto in vita mia, stupidamente generoso e con una propensione a cacciarsi nei guai fuori dal normale. Simona per il nostro gruppo è soprattutto la ragazza di Massi. Credo che nessuno di noi abbia mai avuto il suo numero di telefono, anche perché lei abita in un palazzo che si affaccia proprio sulla "nostra" piazzetta, perciò praticamente ogni giorno ci ritroviamo sotto casa sua.

Per tirarmi su il morale Massi mi ricorda dell'appuntamento di stasera. Lui farà il DJ in una mega villa fuori Roma, sull'Appia, e ci farà imbucare tutti alla festa per i diciott'anni di una sconosciuta. Consumazioni gratis e musica a palla!

Ma a me, in quel momento, non me ne può fregare di meno.

Ho preso una decisione. Lo giuro anche davanti ai miei amici: diventerò una monaca di clausura, un frate trappista e mi chiuderò in casa fino al giorno dell'esame. Proclamo solennemente che d'ora in avanti studierò, sempre studierò, fortissimamente studierò ("Bravo, legati alla sedia come Vincenzo Alfieri" chiosa Massi "ma prima spegni la televisione"), e poi me ne vado, lasciandoli tutti lì.

Appena rientrato a casa ricevo due telefonate abbastanza inquietanti che mi mettono di pessimo umore. Monica, mettendo in campo il suo irritante spirito benefico da crocerossina, prima si dice disposta ad aiutarmi a preparare gli esami, e poi, non paga, mi richiama per convincermi a risolvere la questione parlando l'indomani con Martinelli e chiedendogli scusa. Riccardo mi assicura che se lo faccio non mi rivolgerà più la parola.

Sono senza parole.

Non potevo ancora sapere che quello era solo l'inizio del periodo più incredibile della mia vita. E che i dieci giorni che mi separavano dalla notte prima degli esami non li avrei mai più dimenticati.

Colpo di fulmine

Sì, chiudermi in casa a studiare è l'unica soluzione.

Detto fatto. La sera stessa mi ritrovo ad arrancare sul mio motorino attraversando strade sconosciute della nuova periferia romana. Obiettivo: la mega festa fuori Roma.

Quando avevo quattordici anni, il rivenditore Piaggio chiese a mio padre se ci serviva il "variatore" per il Boxer che stavamo comprando. Papà disse ovviamente di no.

Grazie a quel no detto con disinformata disinvoltura, io sono andato in giro per anni con un catorcio che si abbioccava non solo in salita, ma anche in pianura, proprio perché privo del variatore. Poi stasera siamo pure in due. Il mio povero Boxerino grida pietà. E pensare che Monica è uno scricciolo!

Già, Monica, la mia fidanzata: carina, affettuosa, fastidiosamente gelosa e già al primo anno di Medicina (vuole fare la pediatra, ha sempre avuto un debole per i bambini). Non so se la amo. Ha un bel culo ed è intelligente. Alla fine ho convinto anche lei a venire alla festa, giurandole che dalla mattina successiva avrei solo studiato.

In sella ai nostri motorini, al buio, io e Monica, Simona e Riccardo, più Alice, cantiamo a squarciagola, stonando di brutto: "La puzza di benzina / mi fa girar la testa /

quando sto su di lei / è proprio la mia festa... Sei come la mia moto / sei proprio come lei / andiamo a farci un giro / fossi in te io ci starei...".

Dopo un'ora di viaggio ci rendiamo conto che ci siamo persi. Continuiamo a girare a vuoto malgrado quella cavolo di piantina disegnata da Massi. Che dobbiamo illuminare, tra un vaffanculo e l'altro, con la luce dei fanali dei motorini, mentre qualcuno sgassa per mantenere alta la tensione del motore e quindi del fanale. Eppure Massi ci ha assicurato che era facile arrivare alla villa: dodicesimo chilometro dell'Appia, svoltare a destra... fatto... una Renault 4 beige davanti a un cancello aperto... andare avanti, superare un grande campo di avena...

«Ma come cazzo è fatta l'avena?» chiede Riccardo a un certo punto. «A fiocchi» gli risponde Alice.

... fatto, ora occorre prendere la prima o la seconda a sinistra, oppure, chissà?, la terza e, dopo aver sentito dei cani abbaiare, imboccare un viale che porta alla festa. Insomma il solito delirio di un cazzaro. Il solito cazzaro. Ma alla fine, per quella botta di culo che a volte è meglio non avere, dopo che ho detto sbuffando: «Ragazzi, grazie per la meravigliosa serata, io torno a casa a studiare!», proprio in quel momento, ci sfreccia davanti una decappottabile con a bordo dei ragazzi che urlano esaltati. Quattro deficienti con la musica a palla che cantano a squarciagola. Capiamo che seguendoli troveremo la strada che porta alla villa.

«Andiamo, va'» dice Alice «un sesto senso mi dice che quelli vanno alla festa! E che persino tu, Mister Tristezza, ti divertirai!» Perciò ripartiamo all'inseguimento della decappottabile. Di lì a poco sentiamo già la musica provenire da lontano. Un'idiota stasera diventa maggiorenne e noi non desideriamo altro che ballare, conoscere gente, fare casino, mangiare gratis e divertirci alla faccia sua. Musica. Ancora musica. Solo musica.

Arrivati all'ingresso del parco della villa, la prima sorpresa: due tipi, vestiti come i Blues Brothers ma grandi come Conan, con l'auricolare all'orecchio e gli occhiali a specchio pure di notte, ci fermano e ci chiedono se siamo in lista. In lista? E che roba è? Noi siamo amici del DJ, DJ Massi. Solo che, come ci fanno notare i due della security, più tosti del Muro di Berlino, ancora più decisi di Claudio Gentile quando decide di non farti segnare, la festa non è del DJ, ma della padrona di casa. La stronza. Massi è il solito deficiente: dopo essere arrivati fin quaggiù, non ci fanno entrare perché sprovvisti di invito!

Monica inizia a dire che è un segno del destino, che abbiamo perso un paio d'ore di sonno, ma almeno, tornando subito a casa, saremo più freschi l'indomani per iniziare il ripasso. Riccardo però non si dà per vinto e ci convince a fare il giro della villa alla ricerca di un varco non custodito. Sembra di stare in un film di Clint Eastwood, solo che invece di evadere noi stiamo cercando di entrare.

Certo, scavalcare quel muretto mi costa caro, una Lacoste nuova nuova, strappata irreparabilmente nel salto tra le frasche, poi però delirio assoluto! In giardino ci saranno cento persone, tutte incravattate e col "vestito buono". La musica messa da DJ Massi è il meglio che ci possiamo aspettare, a partire da *Wild Boys*, e l'atmosfera è fica, tutti ballano e si divertono. C'è anche un cinquantenne cerebroleso con una telecamera in una mano e un faretto spaccapupille nell'altra.

Le ragazze e Riccardo si buttano subito nella mischia. Io invece sono di pessimo umore e mi siedo su una panchina a guardarli ballare. È in quel momento che la vedo. Sta ballando al centro di un mucchio di gente, ma sembra esserci solo lei. Bellissima, con un bicchiere in mano, un sorriso straordinario. La punto con lo sguardo e quando, da sola, si dirige verso il buffet, capisco immediatamente cosa devo fare. Seguirla e non perdere l'occasione per agganciarla. Confesso che non sono un mago del rimorchio, anzi. Il mio repertorio è sempre lo stesso: "Che scuola fai?", "Sai di chi è 'sta festa?", "Ti stai divertendo?", "Sei venuta con un'amica?". Insomma, cazzate. All'inizio lei mi fa credere di essere la padrona di casa, e inizia a guardarmi con sospetto.

«Anche tu non sei in lista, vero?»

«No» balbetto io «è che sono amico del DJ, DJ Massi, e allora ci ha detto che visto che oggi si fa una festa... comunque bella casa, complimenti per il prato... all'inglese, vero?»

Ride. Ed è meravigliosa.

«Ma smettila! La festeggiata è quella, la principessa Leila!»

Indica una ragazza pettinata come la principessa di *Guerre stellari*.

«Ah ecco... no, l'avevo capito che...»

Un momento di silenzio imbarazzato.

«Sai, oggi per noi era l'ultimo giorno di liceo.»

«Anche per me.»

«Io scientifico, e tu?»

«Classico.»

Mi distraggo per un attimo, incrociando lo sguardo di Alice che ci osserva incuriosita dalla pista da ballo.

«Hai fatto bene, perché ti dà una formazione completa, e poi il greco è importante, te lo ritrovi all'università.»

«Veramente a me il greco fa schifo, è stato mio padre che mi ha costretto a fare il classico» mi interrompe lei con aria divertita.

«È quello che dico sempre io: che ci fai con una lingua morta che non parlano più nemmeno i greci?»

Le strappo un'altra risata.

«Toglimi una curiosità: ne hai rimorchiate molte con questo metodo?»

«Be'... due o tre. Alle elementari.»

Il ghiaccio si sta sciogliendo e, dopo aver rimediato un paio di altre grezze e scoperto che anche lei deve fare la maturità, proprio mentre sto per preparare l'affondo ecco arrivare quel gran rompipalle di Riccardo con la sua aria da viveur e iniziare a fare sfoggio di galanterie in francese. Vorrei che morisse all'istante. E lei, che il francese l'ha studiato a Parigi l'estate scorsa, gli risponde a tono sorprendendoci. Scambiano due frasi nella lingua d'oltralpe che non capisco, poi lei mi guarda scoppiando a ridere. Sto cominciando a pensare che Riccardo si stia allargando troppo quando finalmente quell'idiota del DJ (cioè quell'idiota di Massi) fa partire una delle canzoni più stupide della mia adolescenza. Ma dannatamente utile. Infatti proprio sulle note di *Gioca Jouer*, faccio segno a Riccardo che è ora di sloggiare. Riccardo, sia pure di malavoglia, capisce il messaggio e si allontana verso la bolgia, mimando i gesti più insulsi come "sciare", "campane", "macho" sotto lo sguardo divertito di lei. Devo dire che quando balla attira non poco l'attenzione: è un mix tra John Travolta e Celentano, ha un modo tutto suo di ballare, snodato, che comunica gioia e scatena ilarità.

Finalmente sono di nuovo solo con questa meravigliosa creatura. Sto per dirle il mio nome quando un pazzo incravattato con in corpo più alcol che sangue stappa una bottiglia di champagne proprio addosso a noi, bagnandoci come quando torno a casa da scuola in motorino senza parabrezza e controvento.

Botta finale per la mia ex Lacoste buona! Ma il vestito della stupenda ragazza che ho accanto è completamente zuppo. Io non so che fare ma lei scoppia a ridere e mi prende per mano trascinandomi all'interno della casa. Entriamo in una mega camera da letto, di un gusto un po' zuccheroso, quasi fosse la stanza di una bambina di dieci anni. Lei apre un armadio pieno di vestiti e, senza pensarci due volte, prende una maglietta per sé e una per me (scegliendole accuratamente, manco fossimo alla Standa!).

Lei si sfila il vestito restando solo in slip. Io la fisso come un'apparizione della Santa Vergine a Fatima.

«Che c'è? Cambiati, su» mi sprona lei.

Io esito, ma poi le obbedisco e mi sfilo la maglietta anche se con un certo imbarazzo.

In quel momento sentiamo delle voci in avvicinamento. È la padrona di casa, la festeggiata, insomma la principessa Leila, con addosso un incredibile vestito a palloncino. È con il suo fidanzato, e stanno litigando di brutto perché, mi sembra di capire, lei ha baciato sulla bocca un invitato e lui non ne è stato felicissimo. E vorrei vedere. Facciamo in tempo a nasconderci in bagno giusto un attimo prima che loro entrino in camera.

Vorrei che questa litigata durasse per sempre.

Siamo così vicini che quasi mi manca il fiato e lei ... lei a due millimetri da me, con quegli occhi, quel profumo di fragola e di latte, quell'espressione allo stesso tempo impaurita e complice...

A un certo punto non riesco più a resistere. È più forte di me. Affondo il naso nei suoi capelli. Lei se ne accorge e, voltandosi verso di me, mi dice sottovoce: «Ma che fai, mi annusi?».

«Eh no, volevo vedere se c'avevi le doppie punte, cioè sì» ammetto «ti annusavo.»

«E com'è?»

«Bu... buono... molto.»

Lei si avvicina ancora di più. Come volesse baciarmi. Ma in realtà mi annusa sensualmente il collo. Trattengo il respiro. Il cuore pulsa all'impazzata. Mi gira la testa. Dopo un lungo istante la ragazza si scosta.

Avevo già provato diverse "emozioni" coi film della Fenech, ma questa è forse l'esperienza più sconvolgente della mia vita! Se fossi stato Fonzie l'avrei baciata subito, ma purtroppo sono solo Richie Cunningham!

È possibile che ci voglia così poco per innamorarsi? Insomma, uno è lì tranquillo, col cuore in pace perché sa che verrà bocciato, va a una festa con la fidanzata e gli amici, beve, si diverte, poi incontra una ragazza bellissima, simpaticissima e fichissima e la sua vita cambia di botto!

Dopo qualche minuto, i due fidanzatini litigiosi iniziano a mugolare sul letto. Come spesso succede, si comincia litigando e si finisce baciandosi. Noi approfittiamo del momento per sgattaiolare fuori dalla stanza coi nostri nuovi vestiti. Ho pure rimediato una T-shirt di Madonna nuova! Con su scritto LIKE A VIRGIN. Ci ributtiamo in mezzo al casino della festa e un istante dopo un tizio col ciuffo da scemo me la porta via: «Claudia! Ma dove stavi?».

"Ah ecco, si chiama Claudia."

«Andiamo, che tuo fratello ha vomitato in piscina! Una cosa terribile!»

Lo stronzo la rapisce. E lei viene risucchiata nella folla, mi evapora davanti come una magia di Tony Binarelli. Di Silvan.

Claudia!!! La donna della mia vita si chiama Claudiaaaaaa!!!

«Ma ti sei cambiato la maglietta?»

È Monica, che mi arriva alle spalle e mi guarda fisso negli occhi. Ho pochi istanti per inventare una risposta intelligente...

«Sì, ho fatto a cambio con uno, non te l'hanno detto? È uno dei giochi della serata, come nelle partite di calcio.»

... senza riuscirci.

Monica si avvicina e mi annusa: «Ma quanto hai bevuto?».

Non mi sono mai ubriacato in vita mia. Ma com'è che la testa mi gira lo stesso? Guardo il cielo sperando che gli alieni atterrino e rapiscano Monica in questo preciso istante. Ma quando ti servono, gli alieni non arrivano mai.

Ore 10. 30

Madonna che sonno! Nota positiva: la festa era piena di gente. La musica fichissima. C'era la migliore sangria di tutti i tempi. Ergo: non mi sono regolata e mi sono presa una inciuccata memorabile. Nota negativa: sempre la stessa: Cesare. Si è pure un po' incazzato. Certe volte è davvero pesante. Anzi, è quasi sempre pesante. Mi hanno pure raccontato che l'hanno espulso da un torneo di calcetto perché ha dato una testata all'arbitro. Sta esagerando. Al prossimo cazziatone che mi fa lo lascio davanti a tutti.

Ho finito cinque anni di liceo ieri!!!!!!!!!!!!!!!!!!!!!!!!!!!!!!!

Non mi pare vero. Mai più interrogazioni, compiti in classe e libretto delle giustificazioni. Mai più l'alito di padre Carriero e le sfuriate isteriche della Carattoli! Che se ne vada pure a morire ammazzata lei, l'accelerazione centripeta e tutti i vettori!!! Adesso mi rilasso fino a domenica e poi mi metto sotto per l'esame. La prima persona che chiamerò sarà Vale, devo dividere con qualcuno questo meraviglioso profumo di libertà.

Ma la nota più negativa è che mancano 9 giorni, 21 ore e 30 minuti agli esami... Ma chi l'ha inventata la maturità? Voglio nome e cognome di quello stronzo! Se non prendo 60 papà si taglia le vene! Ma poi 'sto voto servirà davvero a qualcosa nella vita?...

P.S.

Ieri sera alla festa ho conosciuto uno e stamattina mi sono svegliata pensando a lui. Non so nemmeno come si chiama. So solo che c'ha un sorriso che spacca. Nel dormiveglia pensavo a come si potrebbe chiamare, secondo me ha una faccia da Gianpiero… quindi per me d'ora in poi sarà Gianpiero! Il mio Gianpiero! Vorrei che squillasse il telefono in questo momento esatto. Vorrei sentire queste parole:

"Pronto ciao, sono quello di ieri…"

"Ma chi? Gianpiero?"

"Esatto! Come fai a sapere il mio nome?"

"Intuito femminile!"

"Senti… ti va di uscire con me stasera?"

"Tutta la vita Gianpie'! Tutta la vita!"

P.P.S.

Ecco, se succedesse una cosa del genere giuro che ricomincerei ad andare a messa! Non è vero. A messa non ci andrei lo stesso. Però smetterei di fumare. Per almeno una settimana.

P.P.P.S.

Oggi non c'è scuolaaaaaaaaaaaaaaaa!!!!!!!!

Ore 20.00

A casa è tornata la calma, ma durante la giornata ho avuto un momento di panico. Nonna Adele sta preparando la cena ed è di ottimo umore… oggi ho scoperto il suo segreto.

Ma andiamo per ordine.

Stamattina, come previsto, sono uscita con Chicca e Vale.

Lo so, sono diversissime tra loro, ma io mi trovo bene con tutte e due. Chicca ama la musica, è una sognatrice, si veste come Cyndi Lauper e vorrebbe vivere in un mondo tutto suo. Cerca di nasconderlo, ma è terrorizzata dall'esame, più di tutte noi.

A dir la verità teme di non essere neanche ammessa. Se non l'ammettono ha deciso di mollare la scuola. E ovviamente non sa come dirlo ai suoi. I genitori di Chicca sono due soggetti: c'hanno quarant'anni ma vanno ancora ai boy-scout e fanno pure i volontari della Croce Rossa. Cioè, non che sia un male aiutare la Croce Rossa… ma sono lo stesso due soggetti!
E poi a casa non ci stanno mai. Chicca odia i boy-scout, ha resistito due giorni tra le coccinelle (ma chi li inventa 'sti nomi… coccinelle, lupetti… confermo, i suoi sono dei soggetti!).
Secondo me Chicca ce la fa, nelle ultime interrogazioni è andata meglio.
Purtroppo durante tutto l'anno ha studiato poco e niente, ma scrive delle poesie bellissime. Da mesi è in fissa per Emily Dickinson. Sa tutto di lei, peccato che non è materia d'esame.
Vale, invece, nel prepararsi per la maturità, è più concentrata su alcuni aspetti tecnici. Al momento si è fissata sui vestiti, o meglio sul come vestirsi, su quanto truccarsi e se è il caso di truccarsi. Ha persino improvvisato davanti a me e a Chicca una specie di sfilata, facendoci vedere tutti i suoi vestiti estivi.
Meglio la minigonna o un paio di jeans? Una camicetta aperta di tre bottoni, magari con sotto un reggiseno rinforzato o una monacale maglietta girocollo? E poi via con i grandi dilemmi della storia: se sei abbronzato, per un professore, significa che non hai studiato e che hai passato al mare tutto il tempo dalla fine delle lezioni fregandotene dell'esame oppure che sei talmente preparato che puoi pure permetterti un po' di vacanza? Ed è meglio aver dei vestiti firmati o non eccedere?
Vale insiste che dovrei chiederlo a mio padre, anzi, perché no?, perché non lo nominiamo responsabile del nostro look?

Lui, con quelle giacchette sempre fuori moda! Dimenticavo l'ultima novità di Vale: ieri sera si è lasciata per la centesima volta con Dado.

Dice che questa è la volta definitiva, e che potrebbe influire negativamente sull'esame… che poi è la stessa cosa che ha detto il mese scorso.

Ma dicevo della nonna. A un certo punto *my stupid brother* che, invece di studiare (deve portare una materia a settembre) ciondola per casa come un *poltergeist*, mi ha chiesto se avevo visto nonna. In casa non era da nessuna parte. Panico. Poi però mi sono ricordata che, una volta, mi aveva parlato di un posto, un barcone sul Tevere, dove hanno aperto una scuola di ballo. Una scuola di salsa e merengue. L'aveva detto così, come una notizia qualsiasi. E infatti era là. Più scatenata che mai, volteggiava al ritmo dei balli latinoamericani fregandosene dei suoi problemi di cuore.

L'ho vista felice, soprattutto perché da qualche tempo ha un fidanzato… Sì, proprio un fidanzato segreto: Ludovico. Un simpaticissimo e bravissimo ballerino della sua età, che nei cinque minuti che ho passato con loro ha dimostrato verso nonna più amore di quanto Cesare sia mai riuscito a dimostrare per me in un anno. Non tradirò mai il suo segreto. Nonna sei bellissima.

Ti amooooooo, nonna!!!!!

A proposito di Cesare. Stasera vuole andare a vedere un film (*Ritorno al futuro parte II*, non vedo l'ora). È una scusa, lo so, il cinema non gli piace. Appena si spengono le luci vuole solo una cosa.

E io?????? E io devo prendere una decisione. Lo amo?

E che ne so!

Ma perché non si fidanza con mio fratello e non mi lascia in pace? Tanto stanno sempre insieme.

Oggi pomeriggio, poi, mi sono proprio arrabbiata con Cesare. E non mi è ancora passata. Ha davvero toccato il fondo. Stavo studiando con Chicca e l'unico nostro conforto era il meraviglioso profumo della crostata che la nonna stava preparando, quando si è chiuso nel salone con *my stupid brother* a giocare con un nuovo videogioco. Di calcio naturalmente.

Non fanno altro che smanettare col Commodore 64.

«Rigore! Rigore!»

«Cross di Matthäus e incornata di Aldone Serena all'incrocio dei pali! E vaiii!!!»

Gli ho urlato di piantarla di fare casino: «Cristo! Sto studiando! Tra dieci giorni ho la maturità».

Una prova. Un rito di passaggio, come dice quel rompiballe del *father-sempreprof*.

E quel cretino di mio fratello, senza nemmeno considerarmi: «Sai che ti dico? Per l'Inter questo è l'inizio di un grande ciclo di vittorie! Ventisei vittorie, sei pareggi, due sconfitte, media inglese +7».

Cesare, quello stronzo, gli dava pure corda.

Hanno continuato a giocare come se niente fosse.

Anzi, mi hanno anche preso in giro perché devo studiare.

La frase di Cesare, poi, «Nervosetta eh tua sorella, oggi!», mi ha fatto imbestialire.

Lo odio.

Non lo reggo più.

Fanculo a tutti.

P.S.
Gianpiero, che fai? Perché non mi telefoni?

P.P.S.
Oggi pensavo al tema… ho una fifa blu! Anzi blu blu blu blu blu blu blu… di Paul Newman!!! Se non prendo 60 mi ammazzo! O peggio, mi immagino già mio padre, che dice: "Non fa niente, tesoro" con lo stesso tono con cui in Cina condannano a morte gli studenti, e da quel momento, ne sono certa, diventerei una figlia ripudiata. Non posso fallire!

P.P.P.S.
Per respirare un momento dallo studio, ho iniziato un nuovo libro, è appena uscito e ne parlano tutti, l'ha scritto una ragazza siciliana di diciannove anni, Lara Cardella, s'intitola *Volevo i pantaloni*.

Ore 24.00
Non dormo. Non riesco a dormire.

Massi non può darmi dei consigli

Il giorno che ho sognato per anni, il primo giorno senza obbligo di frequenza, comincia con una strana sensazione di vuoto: mi sveglio a mezzogiorno e in casa non c'è nessuno. Mamma e papà sono già al negozio (e chi li vede mai quelli!) e i libri mi guardano minacciosi, quasi fossero dei pescecani pronti ad allargare le loro fauci e a inghiottirmi! Insomma sono solo, con tutta una giornata davanti a me. E un po' intronato. Sono tornato all'alba perché come vuole la tradizione, dopo la festa, siamo passati da Xiao, un cinese che lavora dal cornettaro di piazza Re di Roma: per 300 lire ci fa sempre assaggiare le meraviglie della pasticceria mondiale in anteprima. Credo di aver ingurgitato una decina di cornetti alla crema, al cioccolato e alla Nutella.

In cucina, come uno zombie, accendo la radio. "Cosa resterà di questi anni Ottanta" sta cantando Raf e un po' sorrido, perché la canzone ci perseguita da Sanremo, ma in fondo è vero: io sono cresciuto negli anni Ottanta e non so proprio che cazzo resterà di questo decennio che sta per finire. In classe abbiamo provato a fare una classifica di che cosa avremmo portato con noi negli anni Novanta. Per me, le dieci cose da salvare sono: il parrucchiere di Alberto Camerini, il dribbling di Bruno Conti, *I ragazzi della III C*, *Quelli della notte* di Arbore, Sabrina Salerno e Samantha Fox (due splendide voci!), Jovanotti, versione "sei come la mia moto", il terrunciello di Abatantuono, le volée e le incazzature di John McEnroe, la prima volta che ho fatto l'amore (Daniela, sul lettone dei suoi... due minuti), la spaccata di Heather Parisi. Io ho compilato anche quella delle dieci cose da dimenticare (avrei voluto essere serio e parlare di Chernobyl, della strage dell'Heysel, dello Shuttle che esplode... ma non ci sono riuscito!): il parrucchiere di Alberto Camerini, Al Bano e Romina che cantano *Felicità*, Romina che canta *Il ballo del qua qua* (Al Bano non se l'è sentita), i fagioli della Carrà a *Pronto Raffaella?*, i rigori di Roma-Liverpool, i capelli cotonati, *Kiss me Licia* (cantata dal vivo da Cristina D'Avena), i paninari, la prima volta che ho fatto l'amore (con i suoi che rientrano e ci trovano nudi sul lettone... figura di merda storica!), i Ricchi e Poveri senza Marina Occhiena. Mi sono sempre divertito a fare le liste: le cinque ragazze più fiche della scuola, e poi le cinque con le gambe più belle, quelle più simpatiche. Per mesi ho buttato giù una lista di cose che avrei voluto fare al momento della "scarcerazione": dalla riverniciatura della camera a vivere un'incredibile giornata in cui fare tutto quello che non ho mai potuto fare per colpa della scuola... purtroppo, però, dopo quello che ho combinato, adesso ho altro a cui pensare. Devo iniziare a fare l'alunno modello per riuscire a recuperare la grezza con Martinelli (in fondo, come mi ha detto ieri sera Riccardo, se faccio bene gli scritti non mi possono bocciare, è matematico) perciò apro un libro di latino, pronto ad affrontare una versione cattiva e incazzata: Cicerone. Ma non c'è niente da fare. Devo pensare all'esame e invece... penso a Claudia!

Chiudo il libro e passo alle uova al tegamino, all'inglese: in fondo è ora di pranzo. Le ho appena messe sul fuoco quando arriva Massi. Preciso e puntale come sempre quando c'è da mangiare. L'unico uomo sul pianeta Terra capace di inghiottire un chilo di spaghetti alla chitarra da solo. Si fionda sulle mie uova (e anche sui cornetti: fa sempre dei mix tremendi, come quella volta che scoprì che la marmellata di pesche è fantastica sul Galbanino) e con l'enfasi che lo caratterizza mi assicura che ha trovato una soluzione ai miei problemi.

Solleva la maglietta e, intorno alla vita, appare una cartucciera professionale in dotazione solo ai marines americani.

«Le fotocopie. La cosa più importante degli esami sono le fotocopie!»

Al posto delle munizioni, settantadue temi miniaturizzati. Altro che quei dilettanti che arrivano ai compiti in classe con Bignami più piccoli dei francobolli. Ma non ha ancora finito. Il vero colpo di genio, come lo definisce lui stesso, è nascosto sotto le suole delle sue scarpe: «Adesivo sagomato contenente tutti i teoremi e le formule matematiche del mondo». Sono sbalordito. «Ma non si legge niente.» E Massi, sicuro di sé, con la sua solita faccia tosta: «Certo, perché ora c'ho camminato...». Il mio: "Infatti agli esami ci andiamo volando" non serve a convincerlo dell'inutilità della sua soluzione. In realtà Massi è passato da me perché vuole sapere qualcosa di più di questa Claudia. Ormai la notizia della mia cotta ha fatto il giro del mondo! Mi chiede com'è e io, per descrivergliela, gli dico di pensare alle cose più belle che uno si può immaginare, come il gol di Tardelli alla Germania o uno sciopero improvviso quando hai un compito in classe e non hai studiato un cazzo! Gli racconto anche che ho deciso di lasciare Monica... Ma quando l'ho presa 'sta decisione? Non so, forse tra un uovo e l'altro. Le scelte importanti sono così, vengono da sole, senza riflessione. Come diceva un mio amico filosofo, "a cazzo di cane".

Comunque sia so, anzi sento, che devo lasciarla. Se non altro per correttezza. In fondo mi piace un'altra. Insomma, proprio io, che sono sempre stato piantato, avrei lasciato una ragazza. A quanto pare c'è sempre una prima volta. Piccolo problema: so benissimo come farmi lasciare (lo sanno tutti gli uomini, è nel loro DNA), ma come si fa a lasciare una ragazza che ti ama?

Non so se riuscirò a sopportare lo stress del senso di colpa. Ho bisogno di qualcuno che possa darmi un consiglio. E quel qualcuno non è certo Massi.

Le mie classifiche più belle

I miei cinque videogiochi preferiti

1. SUPER MARIO BROS

La prima vera superstar del mondo dei videogiochi. Mario è l'unico idraulico della Terra ad arrivare immediatamente ogni volta che c'è bisogno di lui. Grazie alle sue tremende capocciate si tira fuori dalle situazioni più spinose, sempre pronto ad ammazzare quelle tremende tartarughe giganti che vorrebbero fargli la festa. Primo episodio di una saga infinita, in cui faranno la loro comparsa anche il fratello di Mario, Luigi e il suo cattivo alter ego, Wario.

2. PACMAN

Non è un semplice gioco, ma un fenomeno di costume della stessa portata del cubo di Rubik, degli Swatch, delle Timberland. Un gameplay straordinario, sconvolgente per la sua semplicità: mangia i puntini prima che i fantasmini mangino te. Una figata epocale.

3. DONKEY KONG

Un omino in tuta da idraulico si lancia contro barili, fiamme, trappole e scale, armato solo del proprio coraggio e ogni tanto di una mazza, per salvare la propria bella, prigioniera del feroce gorilla Donkey Kong. Un'altra figata.

4. FROGGER

Una coraggiosa ranocchietta cerca di tornare a casa sfidando prima i pericoli del traffico, poi quelli letali del fiume vicino casa. Tra un'automobile scansata all'ultimo istante e prodigiosi salti da un tronco a un altro. Un gioco che spacca.

5. TETRIS

Quattro pixel colorati disposti in varie maniere, che si devono incastrare con precisione svizzera, in modo da formare delle righe, che così scompaiono, lasciando spazio per altri pezzi, e via fino alla nausea. Perfetto per gli ingegneri. Difficile da superare il primo quadro.

I miei cinque slogan preferiti

1. "Ehi, gringo, la macchina va-va-vuma!" (Citroën Visa)
2. "Oui, je suis Catherine Deneuve." (Lancia Y10)
3. "Piace alla gente che piace." (Lancia Y10)
4. "Milano da bere." (Amaro Ramazzotti)
5. "Dove c'è Barilla, c'è casa." (Pasta Barilla)

I miei cinque tormentoni di Drive in *preferiti*

1. "È qui che c'è le donne nude?" (Giorgio Faletti)
2. "Has Fidanken!" (Gianfranco D'Angelo)
3. "Asta tosta, oggetti tosti per tutti i gosti, pardon gusti!" (Ezio Greggio)
4. "Ce l'ho qui la brioche!" (Zuzzurro e Gaspare)
5. "Tranquiiilli, son sempre io, il paninaro!" (Enzo Braschi)

I cinque migliori culi in assoluto (da fotografare per i posteri, e per i poster)

1. Kim Basinger (la perfezione, vedere *9 settimane e 1/2* per credere)
2. Nadia Cassini (forma e consistenza da record del mondo, chiedere a Lino Banfi in versione massaggiatore)
3. Carmen Russo (un classico culo che parla, per non parlare delle tette extralusso ed extralarge)
4. Tinì Cansino (una meteora, quei culi che passano, fischi e spariscono nel nulla, dove sei Tinì? E soprattutto che cazzo di nome è Tinì?)
5. Ilenia, la cugina di Riccardo (un sogno inarrivabile, mitico soprattutto per il segno del costume inciso e il color latte sottostante, intravisto sbirciando in una cabina di Ostia Lido)

A casa di Simona

Ci ritroviamo tutti a casa di Simona con l'intenzione di studiare, ma finiamo per bivaccare. Eppure siamo partiti con il piede giusto... ma quando all'ennesima ripetizione dell'ordine corretto delle principali battaglie delle tre guerre d'indipendenza Massi inizia a canticchiare il tormentone di Francesco Salvi *Esatto*, cominciamo a sbracare. E allora via con le grandi domande della nostra epoca.

In quante mosse è possibile risolvere il cubo di Rubik senza grattare le etichette colorate?

Batman e Robin sono gay?

I Righeira sono fratelli e i Gemelli Ruggeri sono gemelli?

E cosa si sarebbero detti, incontrandosi, le Sorelle Bandiera e i Fratelli Bandiera?

Chi era il terzo portiere dell'Italia ai mondiali dell'82? Luciano Castellini? Tzé. Era il mitologico Giovanni Galli. Ma se non è mai andato neppure in panchina, può essere comunque definito un Campione del Mondo?

Va bene, la vita è tutta un quiz, lo dice anche Frassica, ma purtroppo non saranno queste le domande che ci faranno all'esame.

Io proprio non ci riesco a concentrarmi e allora appallo tutti con questa Claudia. Ricevo un vaffa in coro. Non ne possono più.

«Cercala! Fa' qualcosa! Ma non romperci il cazzo!» è l'inequivocabile messaggio di Riccardo.

«Allora cosa sappiamo di questa Claudia?» mi viene in aiuto Simona.

«Che fa il classico» le rispondo.

«E che è fidanzata» sentenzia Alice.

«Sì, ma con un imbecille, e lei si merita di meglio» puntualizzo io.

«Di meglio saresti te? Dammi retta, se non te la sei schiacciata ieri sera che stavate in mutande, non vedo che speranze puoi avere per il futuro!» taglia corto Riccardo.

A questo punto interviene Massi, dando sfoggio, ancora una volta, della sua proverbiale saggezza: «Giusto. Ma alla fine ne vale la pena? Sta messa bene a chiappe?».

«Simo, ma come fai a stare con questo, ha la stessa sensibilità di un bidet!» rimbrotta Alice.

E lei: «Alle disgrazie dopo un po' ci si abitua».

Massi non l'ascolta nemmeno, impegnato com'è a lanciare un'occhiatina al didietro di Loredana, la sorella sedicenne di Simona, che traffica coi suoi poster nella stanza accanto.

«Insomma, ragazzi, come la ribecco?» chiedo alla fine in cerca di un'idea geniale.

Alice mi suggerisce di andare dalla titolare della festa: è l'unica che può conoscerla bene.

«Sì, certo, e che le dico? "Senti scusa sono uno che si è imbucato alla tua festa, mi dici come fa Claudia di cognome?" È l'idea più idiota che ti potesse venire!»

A distrarci dallo studio ci pensa anche Loredana. Oggi è in vena di fare pulizie in casa perché ha deciso che è diventata troppo grande per tenere in camera il poster di Simon Le Bon. Giustamente ognuno ha i suoi problemi. E il mio, oltre a Claudia, continua a essere lo studio. Me ne rendo paurosamente conto quando ci raggiunge a casa di Simona il secchione, Filippo Santilli, con i suoi occhiali spessi come un vocabolario di latino. Subito sfodera la sua insopportabile e inevitabile erre moscia: «Posso sapere il motivo della mia convocazione?».

Di fronte a lui, seduti uno accanto all'altro: Massi, Riccardo, Alice, Simona e io. I libri spalancati davanti.

«Sì, Filippo» attacca Massi «per prima cosa mi volevo scusare se ogni tanto ti ho fatto degli scherzi. Tengo a precisare che ti ho sempre stimato molto sia come studente sia come look.»

Simona gli assesta una gomitata nello stomaco.

«Ti abbiamo invitato perché vorremmo il tuo aiuto per la nostra preparazione psicofisica all'esame. Chi meglio di te, che navighi a vele spiegate verso un inevitabile 60?» incalza Riccardo.

«Ma che, volete che vi interroghi?» chiede Santilli.

Alice annuisce: «Crudele, mi raccomando, come se fosse l'esame vero».

«D'accordo» acconsente lui. «Crudele.»

«Sì, ma non troppo però, che se no ci scoraggiamo!»

«Tranquilli. Materia?»

«Italiano, che è un jolly, va bene sia per lo scritto sia per gli orali!»

«Comincerei con un quesito elementare: alla luce di quello che abbiamo studiato durante l'anno scolastico, secondo voi quanto ha influito il giansenismo sulla morale manzoniana?»

Il Gianni che?

L'abbiamo chiamato per fare una simulazione dell'esame orale. Lui a fare le domande e noi a rispondere. Ma già la prima domanda ci ha steso. Irrimediabilmente.

«Faccio la domanda di riserva?»

I quadri

En plein! Riccardo, Massi, Alice, Simona e io: tutti ammessi. Gli unici a rischio relativo eravamo io e Massi con i nostri sei striminziti (e per me l'aggravante degli insulti al prof). Ma ormai è fatta! Adesso posso puntare dritto dritto al 36.

Secondo le statistiche bocciano solo il cinque per cento dei candidati, cioè uno per classe circa, perché in classe siamo poco più di venti. Ne parliamo davanti ai quadri: se uno ci pensa bene, il cinque per cento è praticamente niente, ma trovandomi con l'acqua alla gola e con una spada di Damocle sulla testa, be', lo so, quel cinque per cento potrei essere io!

Gli altri non sono d'accordo, dicono che dovrei rilassarmi, pensare alle vacanze, al futuro, ma io le frasi che ho detto a Martinelli me le sogno la notte e sono convinto che il prof stia aspettando il momento degli orali per sferrare l'attacco decisivo contro di me e affondare i miei sogni di gloria. Io al posto suo farei così: attenderei il faccia a faccia per la vendetta. Altro che film di Sergio Leone.

Ore 12.00

Dramma.

Chicca non è stata ammessa.

Che casino! Non ha detto una parola e se è andata subito via col motorino. Io e Vale ci siamo guardate senza poter fare nulla.

Il suo problema sono state le assenze. Troppe. Quelle poteva evitarle, perché indispongono i professori. Ci voleva giusto un miracolo. Ma io non credo ai miracoli e quindi...

Ore 18.00

Ho cercato di stare accanto a Chicca, ma non c'è stato niente da fare. Ha pianto tutto il pomeriggio. Che le posso dire???

Ho cercato di consolarla, ma ha iniziato a recitarmi delle poesie della Dickinson: "Per un istante d'estasi / Noi paghiamo in angoscia / Una misura esatta e trepidante, / Proporzionata all'estasi". "Ha una sua solitudine lo spazio / Solitudine il mare / E solitudine la morte – eppure / Tutte queste son folla / In confronto a quel punto più profondo / Segretezza polare, / Che è un'anima al cospetto di se stessa / Un' infinità finita."

A farla disperare di più è stato l'atteggiamento conciliante, quasi ecumenico, dei suoi genitori. Una pacca sulla spalla, una carezza, una frase che voleva essere gentile: «Che vuoi che sia? L'anno prossimo andrà meglio». Come se non fosse successo niente. Ma perché i genitori non sanno fare i genitori? O sono come mio padre che se non prendo 60 si sente tradito in tutto quello che ha fatto per sua figlia o sono come i suoi, che fanno finta di niente e non capiscono quanto Chicca stia soffrendo.

Io l'ho abbracciata, commossa. E mi sono anche spaventata perché, a un certo punto, Chicca mi ha detto che nessuno la capiva e che come la Dickinson si sarebbe rinchiusa in casa a scrivere, aspettando la morte.

Ha ragione Chicca comunque... essere bocciati è una tragedia!

Possibile che con uno scrutinio del cavolo si possa decidere che una persona non è "matura" alla vita?

Possibile, sì.

Chicca Tirelli: non ammessa alla vita!

Odio i professori, odio la scuola e odio gli esami!

Ore 23.30

Anche stasera Cesare mi ha portato al Gianicolo a pomiciare. O meglio: lui si dava da fare, mentre io guardavo il cielo. Se agli esami chiedessero geografia astronomica, oggi avrei ripassato alla grande. Il grande e il piccolo carro. Mancano 8 giorni, 8 ore e 30 minuti alla maturità.

Un incontro fortunato

Oggi pomeriggio io e Alice non abbiamo molta voglia di studiare. La giornata è troppo bella. E io troppo agitato per chiudermi in casa tra i libri. Perciò decidiamo di andare, come sempre, al bar della solita piazzetta sotto casa di Simo. Naturalmente l'appallo per ore con Claudia (che lei chiama già "la fantomatica Claudia") e con le mie paranoie su Monica.

Davanti a una grattachecca, la mia migliore amica mi consiglia di raccontare la verità alla mia ragazza: avrebbe sofferto, ma apprezzato la sincerità. È ovvio, che mi aspettavo? È un consiglio da donna. Io, però, non ce la posso fare. Dire la verità sarebbe troppo imbarazzante. Meglio proporre la classica pausa (infinita) di riflessione o inventare una serie di motivi assurdi per troncare ("Scusa, ma non sopporto più quando ti arricci i capelli", oppure "Sono depresso e ho bisogno di stare da solo", oppure un improbabilissimo "Ho capito improvvisamente di essere gay").

Quando ci avviamo ai motorini, notiamo un capannello di gente poco più in là. Hanno appena rubato la macchina a qualcuno e, come al solito, i romani, che non sono in grado di farsi gli affari loro, stanno riempiendo di consigli il poveretto.

Rimaniamo a bocca aperta nello scoprire che *il poveretto* è il professor Martinelli! È lì, bianco in faccia, che inveisce contro il mondo intero, con indosso la sua solita giacca da incubo e l'aria stropicciata.

È uno dei momenti più belli della mia vita: ho sempre sognato di dare fuoco o distruggere io stesso quella orribile Simca 1000 color pistacchio con cui la Carogna veniva a scuola ostentando quell'aria da sfigato, come se fosse un titolo di merito.

Prego Alice di andarcene via, prima che ci veda. Lei però insiste nel rimanere: questa, secondo lei, è la mia occasione. Non capisco di che sta parlando, o non voglio capire. Alice mi spiega che solo recuperando punti col prof posso sperare che non si vendichi all'esame: incontrarlo è stato un colpo di fortuna. Ha ragione. Come sempre.

Martinelli ci intercetta:

«Molinari! Corradi!».

Ci avviciniamo e io gli chiedo subito cosa è successo, sfoggiando la mia migliore "espressione da dispiaciuto".

Ci racconta di aver lasciato incustodita l'auto per pochi minuti per affittare una videocassetta (*Rambo 3*... certo che il prof ha dei gusti!).

Alice a questo punto rassicura Martinelli, dicendogli che l'avrei accompagnato io dai carabinieri di zona a fare la denuncia. La guardo pensando che è diventata matta... ma ormai la frittata è fatta!

E così, due minuti dopo, sfreccio sul Lungotevere in motorino, col prof seduto dietro di me. Un'immagine irreale, assurda. Ho sempre sognato la fine della scuola per non vedere più Martinelli e ora, invece di avere Ornella Muti dietro di me, capelli al vento, c'ho proprio Martinelli! E non è lo stesso, porca troia!

Il furbone ha lasciato i documenti dentro la macchina e

devo anche fargli da testimone coi carabinieri: «Sì, è il professor Martinelli, lo conosco da anni».

Durante l'attesa infinita per avere la copia della denuncia, mi dice che prenderà un taxi per tornare a casa e che perciò non c'è bisogno che aspetti lì con lui. Io sfodero la mia migliore "espressione da offeso":

«Ma scherza? L'accompagno io prof!».

Funziona!

Mi sembra contento di non restare lì da solo.

E per di più ha voglia di chiacchierare. Che palle! Ma mi tocca fare del mio meglio e mostrarmi attento e servizievole.

Mi racconta che è affezionato a quella macchina perché la prima volta che ha fatto l'amore è stato proprio in una Simca 1000, con una biondina di cui ha poi perso le tracce. Io, al solo pensiero del prof nudo, avvinghiato a una biondina in una Simca 1000, provo una sensazione di nausea, come se pensassi a mio padre che scopa. Il prof per me è sempre stato un'entità astratta, che vive solo nell'intervallo di tempo tra una campanella e l'altra. E solo ora mi rendo conto che Martinelli ha una vita, guarda i film e addirittura si accoppia, in macchina per di più! Cerco di fare del mio meglio dicendogli che tutti noi abbiamo sempre ammirato la sua macchina, ma da come mi guarda, capisco che proprio non la beve. Ma riesco a fare di peggio. Quando faccio riferimento a sua moglie, con tono malinconico mi risponde che se n'è andata l'anno prima. "Cazzo" mi dico "il prof è rimasto vedovo e nessuno a scuola ce l'ha detto." Non posso far altro che porgergli le mie condoglianze e dirgli che, ad averlo saputo, ci sarei andato al suo... Non faccio nemmeno in tempo a finire la frase che Martinelli mi interrompe. Vorrei sprofondare! Altro che morta, la moglie è viva e vegeta, solo che si è messa con un avvocato, uno di quegli yuppie pieni di soldi. Guardando bene il prof, come darle torto?

Sempre in due sul motorino, con la paura che i vigili ci fermino, lo accompagno a casa. Le cattive sorprese, però, non sono ancora finite: Martinelli abita in una strada tutta in salita e, dato che il mio Boxer si blocca pure in pianura, ho dovuto pedalare, con lui dietro (e non è esattamente un peso piuma!) neanche fosse la tappa dolomitica o la Cima Coppi. Prima di salutarci, mi arriva l'ultima sorpresa della giornata.

«Vuoi fare un salto da me lunedì pomeriggio? Ripasseremo un po' l'Ottocento che per te è come un buco nero...»

Martinelli, che a mala pena mi salutava nel corridoio della scuola, che quando andavo bene mi dava un sei meno meno, a cui ho detto che è una merda, mi sta invitando a casa sua! Cos'è? Una trappola? Un agguato? Un trucco ignobile per umiliarmi, fingendo di aiutarmi per poi segarmi agli orali? Certo che è sempre un infame, ma come faccio a non accettare? È destino, dovrò giocarmi le mie uniche possibilità di successo in trasferta, nel covo del nemico.

Ore 21.30

Papà è tornato a casa incazzato: oggi si è fatto fregare la macchina e l'ha dovuto riaccompagnare un suo alunno. E io che mi ero pure preoccupata perché non c'ha fatto nemmeno una telefonata… ma lui dice che ha telefonato eccome, solo che era sempre occupato.

Non ho potuto dargli torto: sono stata al telefono tutto il pomeriggio con Vale. Che poi perché ci telefoniamo quando abitiamo a duecento metri non l'ho mai capito. Si è rimessa con Dado, ma vuole lasciarlo di nuovo stasera, in discoteca. Dice che da quando ha recitato in quello sceneggiato TV, non è più lo stesso. E c'ha ragione. Metà delle ragazze di classe nostra se lo farebbero a occhi chiusi e lei invece con lui fa tira e molla. Mi ha chiesto di accompagnarla, ma stasera ho promesso a Cesare di uscire con lui.

Per la storia della macchina, papà era di un umore ancora più nero del solito. Ho provato a chiedergli se poteva finanziarmi le vacanze che avevo deciso con Chicca e Vale (venti giorni a Ibiza), ma ho scelto il momento sbagliato. Come al solito ha risposto dicendo che dovevo studiare, che il 60 non è un voto che si regala, che è l'unico voto a cui io devo aspirare e altre cose del genere. Per fortuna nonna Adele ha cercato di alleggerire la tensione. Non c'è proprio possibilità di parlare con lui.

I cinque film preferiti di my stupid brother

1. *Rambo 3*
2. *Fracchia la belva umana*
3. *Eccezzziunale… veramente*

4. *L'insegnante al mare con tutta la classe*
5. *Chi ha incastrato Roger Rabbit*

I miei cinque film preferiti

1. *Dirty Dancing*
2. *Ufficiale e gentiluomo*
3. *Top Gun*
4. *Il tempo delle mele*
5. *Harry ti presento Sally* (La scena di Meg Ryan che finge un orgasmo al ristorante, e la successiva, della signora grassa che dice al cameriere: "Mi porti quello che ha preso la signorina…" è uno sballo. Da storia del cinema.)

I miei cinque cartoni animati preferiti

1. *Lupin III*
2. *Candy Candy*
3. *Atlas Ufo Robot* (che poi per tutti è sempre stato *Goldrake*)
4. *Mila e Shiro*
5. *Capitan Harlock* (romantico da morire)

Le 5 più memorabili battute della storia del cinema

1. "Ho visto cose che voi umani non potete neppure immaginare." (*Blade Runner*)
2. "Il mattino ha l'oro in bocca. Il mattino ha l'oro in bocca. Il mattino ha l'oro in bocca…" (*Shining*)
3. "'Noodles cosa hai fatto in tutti questi anni?' 'Sono andato a letto presto.'" (*C'era una volta in America*)

4. "Telefono-casa." (*ET*)

5. "'Ma tu come ti chiami?'
'Attila!'
'Come ti chiami?'
'Attila!"
'Come ti chiami?'
'Attila, che sei sordo? Che siete una tribù di sordi?
A come atrocità, doppia T come terremoto e tragedia,
I come iradiddio,
L come lago di sangue, e A come Adesso vengo e ti sfascio le corna!'" (*Attila, flagello di Dio*)

Sorelle

Evidentemente il clima creato dall'attesa degli esami propizia le cazzate. È sempre così, anche nello sport. Quando sei concentrato, quando sei teso verso un risultato, *zacchete,* ti succede qualcosa che non ti aspetti e che ti manda a puttane tutto. Lo penso sempre quando sento di quei poveretti che si allenano quattro anni per le Olimpiadi e poi, magari, scivolano in bagno e... Quando è sfiga, è sfiga! E quello che è successo a Massi mentre io ero col prof non saprei neppure come chiamarlo. All'inizio mi sembrava una ficata. Poi ho capito che è stata proprio la peggiore delle cazzate che poteva fare.

Massi, infatti, era andato a casa della sua ragazza, dove, come al solito, regnava il caos assoluto. La madre di Simona fa l'hostess e il padre il pilota, entrambi sulle lunghe tratte (come testimoniano le centinaia di cartoline da tutto il mondo attaccate alla parete della camera di Simona, tra il poster di Agassi e quello di Miguel Bosé), perciò quella casa è sempre stata una specie di paradiso dove Massi ha sguazzato tra le due sorelline libere da vincoli genitoriali. Al suo arrivo, Loredana era sola in casa ed era appena emersa dalla doccia: Simona era dovuta uscire al volo per una commissione e non sarebbe tornata prima di un paio d'ore.

Massi ancora non lo sapeva, ma la decisione di aspettarla lì e magari cominciare a studiare avrebbe cambiato per sempre la sua vita.

È dura per tutti concentrarsi sui libri, è vero, e certo non ti facilita le cose il fatto che uno schianto di ragazzina coi capelli bagnati, considerandoti ormai uno di famiglia, giri per casa praticamente nuda senza farsi troppi problemi. Loredana è bella quanto la sorella, ma solo con tre anni in meno, probabilmente le stesse esperienze coi ragazzi e soprattutto senza lo stress degli esami di maturità...

Hai detto niente!

Quello che però ha fatto dimenticare a Massi di essere andato lì per studiare è stato un diario, anzi, *il* diario di Loredana appoggiato sul tavolo. Una sbirciatina al diario di una ragazza si dà sempre, questo si sa, e, tra i cuoricini, gli adesivi e qualche dedica per i Duran Duran o commenti sul nuovo look di Madonna, Massimiliano ha trovato alcuni inequivocabili messaggi del tipo: "Il ragazzo di mia sorella è troppo bono!", "Massi, ti penso sempre".

Ecco, Massi si è trovato a un bivio della sua vita. E ha imboccato la strada sbagliata!

Si è lasciato lusingare da Loredana. Lui, a me e Riccardo, giura che un po' ha resistito. Ma lei si è avvicinata troppo, oltrepassando la soglia di sicurezza dei 42 centimetri di distanza dalla sua bocca e, parole sue, "l'ha dovuta purgare". Così, per coltivare quell'orgoglio maschile che ci fa fare spesso delle stronzate galattiche.

Il resto non me lo ha voluto raccontare e alla mia domanda se aveva almeno usato un coso, un preservativo, ha volutamente glissato. Il fatto che *non* si sia vantato di essersela portata a letto mi ha convinto che l'ha fatto sul serio! Un classico.

Io e Riccardo lo abbiamo subito messo in guardia. Loredana avrebbe potuto vantarsi in giro di essere stata col fidanzato della sorella, e si sa che queste voci, prima o poi, arrivano sempre al bersaglio.

Massi, in ansia, mi ha assicurato che con Loredana ci avrebbe parlato quanto prima e che non sarebbe successo più nulla tra di loro.

Io e Riccardo ci abbiamo creduto allo stesso modo in cui crediamo che Ben Johnson non abbia mai fatto uso di anabolizzanti. Ma Massi ha insistito. «In fin dei conti» ci ha detto «che cosa ho fatto di male? A diciott'anni abbiamo il sacrosanto diritto di scopare.»

D'accordo. Ma proprio con le sorelline delle fidanzate?

Questa notte sento molto la mancanza di Claudia. So che è stupido sentire la mancanza di una persona che nemmeno si conosce, ma per me è così, invece di studiare rimango steso sul letto a sentirmi lo stereo e a pensare a quei pochi secondi di intimità con lei.

Quegli occhi.

Quelle mani.

Quei seni.

Pochi secondi. Più intensi di quattordici interi mesi con Monica.

Monica che non mi ha mai preso per mano e trascinato in un posto qualsiasi a fare qualcosa di folle, contro le regole. Qualsiasi cosa, dico!

Squilla il telefono: è Monica di sicuro. Puntuale come un orologio svizzero, mi chiama *sempre* alle 22.15 per dirmi *sempre* le stesse cose e augurarmi la buonanotte. Mi chiede perché per tutto il giorno non l'ho cercata.

«Ho studiato» le spiego.

Ho studiato.

Sembra contenta.

Ritorno alla villa

Alice alla fine riesce a convincermi. Insieme andiamo alla villa dove ho incontrato Claudia.

Quando mi trovo di fronte la ragazza che ho spiato poche sere prima mentre discuteva e poi amoreggiava col suo ragazzo, mi sento imbarazzato. Ma, tempo qualche istante, inizio con grande sicurezza: «Senti, scusa, sono uno che si è imbucato alla tua festa» e proseguo raccontandole tutto, anche perché Alice non ha alcun tatto nello spiattellare i fatti miei.

La festeggiata se ne sta tranquillamente stesa su un materassino nel mezzo della piscina della sua bella villa (di fianco a lei galleggia una specie di libro di gomma... *Libidine* mi sembra di leggere sulla copertina). Sembra divertita dalla mia storia, anche se non sa come aiutarmi. Metà dei presenti erano imbucati e lei non conosce nessuna Claudia, forse è amica di un invitato, oppure imbucata anche lei. La ringrazio fingendo disinteresse.

Che gran buco nell'acqua!

Ma mentre sto andando via mi viene un'idea. Mi volto verso di lei e le chiedo: «Scusa, ma alla festa non c'era uno anziano che rideva sempre, con la faccia da imbecille, che faceva le riprese con la telecamera?».

«Sì. Era mio padre. Perché?»

Quando sei abbonato alle grezze, nemmeno un esorcismo ti può salvare.

Infatti ne ho subito pronta un'altra. Perché non mi sono ricordato che la maglietta che indosso, quella con Madonna e la scritta LIKE A VIRGIN, l'avevo fregata proprio dall'armadio di quella ragazza? Lei se ne accorge e prima di sganciarmi la cassetta, la rivuole indietro. Cerco sdegnosamente di dire che l'ho comprata, ma Alice non ha alcuna voglia di tenermi il gioco. E sia: la maglietta in cambio di una copia della videocassetta.

Che ora è nelle mie mani!

Passo tutta la notte col telecomando del videoregistratore in mano, guardo e riguardo quei pochi secondi di Claudia che la telecamera ha ripreso alla festa. Caso vuole che nell'inquadratura ci sia anch'io, mentre parlo con lei. È l'istante in cui l'ho conosciuta. Rivedo quei trentaquattro secondi di Claudia per tutta la notte.

Alice dice che sto diventando una specie di maniaco.

Secondo me ha ragione.

Prima volta a casa della Carogna

Oggi c'è una luce magica. Una luce trasparente che illumina la città. È un pomeriggio caldo. Molto romano.

Arrivo sotto casa del prof in orario. Roma è già vuota. Citofono. Poi salgo.

La porta di casa Martinelli è socchiusa.

«Permesso?»

Dall'interno proviene la voce del prof.

«Vieni, vieni, Molinari...»

Avanzo titubante: entro in salotto e mi guardo in giro.

La casa di Martinelli. Me l'ero sempre immaginata come l'antro di un serial killer pieno di candele e foto di donne sgozzate... invece, inspiegabilmente, è una casa normale. Perfino accogliente.

Eppure una voce dentro di me continua a dirmi: "Scappa, Luca... scappa!!!".

Libri ovunque, e videocassette impilate e ordinate. Un Commodore 64 collegato alla TV. Un organo elettrico accostato a una parete. Un tavolino con foto incorniciate. Ne prendo una che mi colpisce. La osservo con attenzione. Nella foto c'è una bimba con le trecce in braccio a un giovane Martinelli. Pieno di capelli. Con una ridicola frangetta *swinging London* anni Sessanta.

Il professore si affaccia e mi vede.

«È mia figlia... ha la tua età...»

«Carina...» dico io, rimettendo la foto al suo posto.

«Accomodati Molinari...»

«Grazie...»

Mi siedo di fronte al tavolo, zeppo di libri. Di cassette. Di giornali ammucchiati.

Martinelli prende posto di fronte a me.

«Ti sarai chiesto perché ti ho invitato qui dopo quello che è successo...»

«No. Be'... un po'... effettivamente...»

Silenzio.

Silenzio gravido.

Silenzio assordante.

Poi attacca a parlare. Ora ha un'aria più triste che cattiva, e mi sembra perfino sincero. A un certo punto mi confessa addirittura che le parole che gli ho detto in sala professori sono, più o meno, le stesse che gli ha detto la moglie dopo vent'anni di matrimonio prima di mollarlo per mettersi con l'avvocato yuppie, tal Ottavio (già il nome è ridicolo!). E lasciarlo solo con i due figli.

«Sì... Lo ricordo perfettamente. Mi ha detto che le ho rovinato vent'anni della sua vita, che sono un fallito e che le giacche che mi piacciono così tanto in realtà le fanno schifo. Come a te!»

«Ma io quelle cose non le pensavo mica...» ribatto io, tentando di alleggerire l'atmosfera.

«No, no, tu le pensavi eccome... e pure lei.»

Poi il professore inizia a sfogliare un libro. La tensione sale, si taglia con un coltello.

«Vogliamo parlare un po' del... Romanticismo?»

«Sì... il Romanticismo è un orientamento culturale... manifestatosi tra il XVIII secolo... e la metà del XIX... La parola deriva dall'aggettivo inglese *romantic*, usato nel Seicento per indicare in senso... in senso brutto...»

E lui, interrompendomi saccente. No, paterno: «Vogliamo azzardare un "dispregiativo", magari…».

«… dispregiativo, la materia avventurosa degli antichi *romances*.»

«Bravo.»

«È culo… fortuna. L'ho ripassato ieri…»

«Vedi, Molinari, quelli come te mi fanno incazzare. Tu potresti prendere 60 con la mano sinistra… invece non te ne frega niente, non studi, vai a spasso coi tuoi degni compagni… e poi chiudi gli occhi e ti affidi al culo… perché *si dice* culo.»

Ripassiamo un altro po', dopo di che mi dà una ferale notizia che io già sospettavo: «Molinari, parliamoci chiaro, tu non sai niente!!! Tu, se tutto va bene, puoi prendere un 36, al massimo un 40. Dico, se tutto va bene».

«E se va male, professore?» dico con voce tremante.

Il suo gesto mi sembra più esplicito di mille parole: il pollice della mano sinistra passa velocemente sotto il mento. Altro che Capitan Uncino.

Ebbene sì, nella mia vita a tutto ho pensato tranne che a studiare.

Arrivati a questo punto confesso al prof che non mi sono mai impegnato abbastanza. Forse perché ho sempre dato allo studio un'importanza relativa. Ma ho giurato che in questi ultimi giorni avrei recuperato, solo che poi, poi… mi sono innamorato di una ragazza e non riesco a pensare ad altro. Lui si mette a ridere per il mio brusco cambiamento di argomento, poi ridiventa serio e mi consiglia di non mollare mai: «Se una cosa ti piace, in questo caso una ragazza, devi cercare di ottenerla, a qualsiasi costo». Dopo di che si alza in piedi e con fare solenne, e anche un po' al rallentatore, prima mi guarda, poi solleva lentamente un braccio tendendolo verso un punto immaginario della parete e mi dice: «Il segreto è fare come John Wayne. *Go!*».

Per farla breve, ci ritroviamo a parlare come se non ci dividessero trent'anni d'età e fossimo amici. Mi dispiace quasi ammetterlo, ma il prof ha un lato umano.

Cavolo, mi sa che sto passando dalle stalle alle stelle… ancora due giorni e divento il suo allievo preferito. Mi confessa pure che sono stato il primo studente in tanti anni a dirgli in faccia ciò che pensava di lui. E per questo mi stima!

A saperlo, lo avrei insultato molto tempo prima. Cerco comunque di spiegargli che quello che gli ho detto non è esattamente quello che penso, ma lui non mi ascolta e va avanti con il suo discorso.

Fatto sta che, di punto in bianco, comincia a chiedermi quelle cose che tutti i prof vorrebbero chiedere a un alunno senza poi osare farlo:

«Come ve li passavate i compiti in classe?»

«Avevate dei cenni convenzionali durante le interrogazioni?»

«Vi facevate le canne a ricreazione?»

Le mie risposte sono esaurienti:

«I compiti ce li passavamo dentro confezioni vuote di Golia…»

«Sì, avevamo un sistema di codifica degno della CIA.»

«No, a ricreazione no. A casa, sì, qualcuna…»

Il prof sorride: aveva sospettato che tutte quelle Golia in classe non fossero giustificate da un'epidemia di bronchite e che ci fosse un cifrario per le interrogazioni…

E poi, a tradimento, proprio mentre sto per andarmene, sulla soglia di casa sua, mi chiede anche qual è il suo soprannome. No, a questo non posso proprio rispondere. Ma lui mi incalza. «So che il professor Santoro è chiamato "il Bavoso" e posso immaginare il perché. La Paternesi è "Alien" e infatti è uguale, ma qual è il mio?»

Io indietreggio verso la tromba delle scale.

Arranco.

All'inizio nego. Poi cedo. Lui giura che non si sarebbe offeso perciò io sparo: «Qualcuno dice che… qualcuno l'ha chiamato, ma io mi dissocio, "la Carogna"». La parola mi esce tutta di un fiato. Qualche istante e sto già correndo giù per le scale. Ma lui non mi sembra così offeso. Anzi!

Ore 20.00

Una notizia bella e una cattiva.

Oggi pomeriggio, mentre stavo ripetendo storia a voce alta (lo faccio da quando ero alle elementari: non riesco a studiare storia in un altro modo, non la imparo), hanno suonato alla porta. Credevo fosse uno studente di mio padre che doveva venire per una sorta di ripetizione e invece... è apparsa Chicca con uno zaino in spalla, pronta per partire. Sì, la notizia bella è che Chicca ha deciso di non ammazzarsi più, quella brutta che oggi è partita per Berlino. È la solita sognatrice. Dice che butteranno giù quel cavolo di Muro che divide in due la città. E che il futuro è lì. L'ho accompagnata al pullman, non ha preso il treno per risparmiare. Mi ha detto di non preoccuparmi perché a Berlino c'è un suo amico, un certo Stefan, che la ospiterà. Ho come avuto l'impressione che non l'avrei vista per un sacco di tempo e mi si è stretto il cuore. È vero che con la fine del liceo se ne va un pezzo di noi.

Quello migliore. Le ho regalato la nostra "mitica": una cassetta con tutti i pezzi che più ci hanno unito: Dire Straits, The Cure, Vasco, ma soprattutto *Save a Prayer*, la nostra canzone... I Duran Duran... li abbiamo sentiti insieme allo stadio Flaminio, giugno 1987... Chi se lo scorda! La luce si spegne, Simon inizia a cantare e noi, come due cretine, con gli accendini in mano... Ci siamo messe a piangere ricordando quella sera fantastica. Chicca mi ha sorriso e, per sdrammatizzare, mi ha detto : «Fammi fare bella figura agli esami eh!».

E io: «E tu portami un pezzo di muro quando torni...».

Vale dice che Gianpiero è un nome schifoso, che lei non si metterebbe mai con uno che si chiama così! Nessun principe azzurro si chiama Gianpiero... e chi se ne frega!!!!!

Dopo aver accompagnato Chicca, ho convinto Vale a venire con me alla villona della festa dove c'eravamo imbucate ma non c'era nessuno. I vicini ci hanno detto che sono partiti per le vacanze. Che palleeeeee!

Dove sei GIANPIERO??????
6 meglio di George Michael!!!!!!!!! (anche se Vale dice che George è gay… ma io non ci credo!)

Ore 23.15
Cesare vuole farlo sempre ma a me non va. Meno male che c'ho la scusa dell'esame. Che faccio? Che faccio?

P.S.
Dado e Vale si sono lasciati di nuovo. Ora lui rompe le scatole a me perché vuole che la convinca. Tanto il problema è sempre lo stesso, ora che fa l'attore, lui non c'ha più un minuto libero. E a me di loro due non me ne frega proprio niente!!!

LE MIE CLASSIFICHE

I miei cinque libri preferiti

1. *Rimini* di Pier Vittorio Tondelli
2. *Meno di zero* di Bret Easton Ellis
3. *Le mille luci di New York* di Jay McInerney
4. *Treno di panna* di Andrea De Carlo
5. *Stagioni diverse* di Stephen King

I miei cinque 33 giri preferiti

1. “Rio” dei Duran Duran
2. “Brothers in Arms” dei Dire Straits

08 3. “Like a Virgin” di Madonna

4. “Cosa succede in città” di Vasco Rossi

10 5. “Appetite for Distructions” dei Guns ’N’ Roses

I miei cinque uomini belli e impossibili

12

1. Nick Kamen
2. Patrick Swaize (come cavolo si scrive?)

14 3. Simon Le Bon (era primo, è in calo)

4. Richard Gere
5. Mickey Rourke

16

18

20

22

Per un amico

È il giorno decisivo. Oggi lascio Monica.

Dopo averne parlato ancora, per due ore, con Alice, mi sono convinto. Ha ragione lei, devo dire la verità a Monica. Non ho scampo.

Mentre io e Alice chiacchieravamo mi è venuto anche uno strano sospetto: non è che io piaccio ad Alice? Non ci avevo mai pensato... Noooooo... io e Alice? Ma che, siamo scemi? Vietato! Noi siamo come Harry e Sally... se scopassimo rovineremmo la nostra amicizia!

È pomeriggio. Vado a casa di Monica. I suoi sono al lavoro e lei è convinta che io sia venuto per scopare. Mi propone perfino di farlo nel lettone. Cazzo, ora come glielo dico?

Decido di adottare la tecnica del "fidanzato che si caga sotto": «Prendiamoci una pausa di riflessione, per capire meglio gli obiettivi della nostra coppia...».

Lei mi chiede se la sto prendendo in giro. Proprio ora che, SORPRESA! SORPRESA!, ha appena prenotato il treno anche per me per andare a Parigi con dei suoi amici a festeggiare il Bicentenario della Rivoluzione francese.

Io le dico che del Bicentenario non me ne frega niente, a meno che non esca come tema alla maturità, ma non credo, aggiungo, che al ministero siano così prevedibili.

Lei mi riprende, dicendo che in realtà stavamo parlando d'altro. E mi chiede ancora se la sto prendendo per il sedere. Io, serio, giuro di no.

«Ma come» sbotta lei «va tutto bene! Scopiamo come nove settimane e mezzo, siamo la coppia modello per tutti i nostri amici, che c'è che non va?

«C'è un'altra? È così?»

«No...» rispondo io, vigliacco.

Tecnicamente non sto nemmeno mentendo...

Lei non è convinta: tutte le sue amiche che sono state lasciate hanno scoperto subito dopo che lui aveva un'altra. Un classico.

Si incazza tantissimo.

Mi chiede di andarmene e io ubbidisco senza fiatare. Non vedevo l'ora, cominciavo a non respirare più.

Uscito dal palazzo di Monica, attraverso velocemente la strada e mi infilo nel caseggiato di fronte, dove abita Massimiliano. Devo dirglielo subito.

Suono alla porta una, due volte... poi finalmente si affaccia lui, chiaramente imbarazzato, con indosso solo i pantaloni della tuta. Mi dice che sta con Simona, e mi chiede se posso tornare dopo. Io gli rispondo di sì sorridendogli: sono contento che dopo la sbandata per Loredana tutto sia tornato alla normalità.

In strada, però, mentre sto slegando il mio motorino, vedo un fantasma: Simona che avanza dal fondo della via!

"Massi, sei proprio il Maradona degli stronzi!!!"

E io sono troppo buono. Risalgo di corsa le scale e mi attacco al campanello di casa sua. Appena Massi apre, mi fiondo dentro e chiudo la porta alle mie spalle.

«Dimmi che non stai facendo quello che penso, con chi penso!»

Invece "chi penso" si affaccia dalla porta della camera

di Massi incuriosita dal casino: come immaginavo è Loredana, seminuda... bona come il pane!

Gli urlo che tra un minuto Simona sarà qui. Massi non si capacita: dovevano vedersi solo la sera, ma che vuole adesso questa?

Io gli ricordo che "questa" è la sua fidanzata e che non è il momento di discutere: Loredana deve sparire.

In quel momento Simona suona alla porta. È il panico.

Massi spinge di corsa me e Loredana verso il terrazzino. Lei non fa nemmeno in tempo a raccattare i vestiti e resta in slip.

Poi l'amico più idiota che io abbia mai avuto chiude la portafinestra, tira le tende e va ad aprire a Simona.

Non può immaginare che i suoi guai sono appena iniziati...

Un ritardo

Per una volta nella vita il destino ha deciso di pareggiare i conti e ha organizzato un pomeriggio terribile anche per Massi. Simona infatti non è andata a casa sua per una visita di cortesia, ma per confidargli che ha un ritardo di sette giorni!!! Sette, mica uno! Non ha ancora fatto il test ma se lo sente che è incinta.

Massi è rimasto senza parole, ha giurato che l'ama infinitamente e che avrebbe fatto tutto quello che lei avrebbe voluto. Già... cosa avrebbe voluto?

Massi cena da me senza dire una parola. Anche i miei – che lo adorano – notano che c'è qualcosa che non va. Io, naturalmente, mantengo il segreto. D'altra parte non ho nemmeno raccontato loro che ho dato della merda a un mio professore. Non credo che capirebbero!

Dopo cena andiamo da Riccardo. Ma lo scoglionamento è totale. Anche *Colpo grosso* e le ragazze Cin Cin ci conciliano il sonno o meglio, ci lasciano agonizzanti. Per fortuna a svegliarci ci pensa Riccardo: ci propone di prendere la Porsche del padre. E vai! Si parte per una delle nostre classiche scorribande notturne.

Il puttan-tour

Dal vocabolario Zingarelli:

> "Puttan-tour": unione del termine italiano "puttana" (meretrice), con quello francese "tour" (giro), dicesi di itinerario notturno in macchina in tutti i luoghi classici della prostituzione. Lo scopo del giro non è il reclutamento di una partner prezzolata, ma è prettamente goliardico, a base di lazzi, epiteti o contatti fuggevoli con le lavoratrici della notte (tipo «Se ti do cinquemila lire mi fai vedere una tetta?»). A effettuarlo in genere sono soggetti di sesso maschile di età variabile tra i 16 e i 20 anni.

Noi. È il nostro modo per sentirci "ai confini della legge", il massimo della trasgressione. Conosciamo la mappa di Roma a memoria: sappiamo dove trovare le nigeriane (le più simpatiche), le slave (le più bone), le italiane (le più care) e i trans brasiliani (i più ricercati).

Oltre al divertimento personale, nutriamo sempre la segreta speranza di beccare, in una delle macchine che rallentano davanti alle ragazze, il padre di un compagno di classe, un professore o magari, perché no?, il preside.

La notte brava però va subito a puttane (è proprio il caso di dirlo). Un pappa si incazza perché chiacchieramo con una roscia pettoruta e si avventa su di noi. Noi scappiamo di corsa e iniziamo a girare per Roma cantando come dei pazzi *Wild Boys*. In preda all'esaltazione ho chiesto a Riccardo di poter guidare la sua macchina. Ho solo il foglio rosa, ma che c'entra, so di avere il DNA di Niki Lauda. Riccardo non ha mai fatto guidare a nessuno la "macchina del papi", ma quando mi guarda negli occhi, capisco che per me farà un'eccezione. E sottolinea sadicamente la sua "gentilezza" dicendo che non può non esaudire l'ultimo desiderio di un condannato a morte. Ferma la macchina, io apro lo sportello e… non ci posso credere: proprio in quel momento passa un camion a tutta velocità e lo prende in pieno facendolo volare sopra di noi come l'astronave di ET. Mi sento come Graziani che sbaglia il rigore decisivo. Di merda.

Tutti al mare

Mi sforzo di non pensare ai miei guai, ma è impossibile. Sono sdraiato, in spiaggia, al sole. Ma inquieto. Da una parte c'è Massi, che si comporta come se fosse già papà. Non parla d'altro, anzi, per l'esattezza elenca solo una serie di cose che non potrà più fare, come andare all'Oktoberfest, giocare a pallone tutta la notte e fare l'Interrail. La sua vita, a sentir lui, è rovinata. E forse c'ha ragione.

Dall'altra c'è Riccardo che non fa che ripetere che i danni alla macchina sono superiori al milione. "E dove lo troviamo noi un milione? Una rapina in banca avrebbe molte più probabilità di successo della richiesta di un prestito. Ma come si rapina una banca?" Neanche la presenza di Santilli che smanaccia agitato in mezzo al mare (gli abbiamo nascosto il costume) riesce a mettermi allegria.

All'improvviso Riccardo si illumina. Ha un'idea per trovare il milione che ci serve per riparare la macchina del padre prima che torni dalla Francia.

«C'è una cosa che tutti i ragazzi di Roma pagherebbero oro: i temi della maturità.»

«Ma noi non ce li abbiamo...» obietto ingenuamente.

«Chi ha parlato dei temi veri?» risponde lui. «Basta che siano verosimili.»

Anche Alice tenta di farlo ragionare, ma lui ci ricorda che quel milioncino sono io a doverlo pagare. E allora…

Ecco… ne sono sicuro… già vedo la cella di Regina Coeli pronta ad accogliermi: truffa aggravata. Siamo pure maggiorenni ormai.

Ore 24.00

Alla fine abbiamo deciso che un pomeriggio al mare non ci avrebbe fatto così male. Cesare ha passato tutto il tempo a giocare a pallavolo come se io non ci fossi e Vale ha parlato quasi sempre di costumi e vestiti. Ma cosa ci faccio io in questo mondo?

La serata è stata anche peggio. Era il compleanno di Ottavio, e avevo promesso alla mamma che sarei andata alla sua festa. Una serata indimenticabile. Ottavio, il suo "ragazzo" come lo chiama lei (è proprio sciroccata ormai), mi fa schifo. Ha tutto dello yuppie: la cravatta, le scarpe e l'orologio d'oro massiccio. Ma più di tutto odio il fatto che la mamma lo fissa adorante come fosse Simon Le Bon. E invece è solo un gran deficiente.

Prima abbiamo fatto il barbecue in giardino. Io non ho parlato per niente. Me ne sono stata in un angolo chiedendomi perché cavolo avevo accettato questo supplizio. Lui ha cercato di fare il carino, mi ha raccontato del suo studio che ora va per la maggiore perché tra i suoi clienti ha tutta una serie di onorevoli che, ha iniziato a ridere, hanno qualche peccatuccio da nascondere.

Poi ha continuato dicendo che lui mi vedrebbe benissimo a fare Legge e che da lui, come praticante, potevo sempre entrare.

A me fa schifo. Alla fine ha tirato fuori da una scatola una strana macchina che un suo amico gli ha portato dal Giappone. *Karaoke*, mi sembra che si chiami, e l'ha attaccata a un televisore. Così mi è toccato assistere all'esibizione di Ottavio e di una trentina di suoi amici come lui che gli facevano il coretto: ha cantato, stonatissimo, *Noi, ragazzi di oggi*… L'ho già scritto: uno spettacolo indimenticabile! Mi sorrideva. E a me veniva da vomitare, ma ho resistito. In fin dei conti sta con mia madre. A un certo punto si sono avvicinati a me e Ottavio ha insistito con il suo piano per farmi andare a lavorare da lui.

lo non ce l'ho fatta più! Ho preso e me ne sono andata. No. L'avvocato no. Non farò mai l'avvocato.

P.S.
È uscito un giornale satirico nuovo, molto divertente. C'è una classifica bellissima, s'intitola "Giudizio universale", e bisogna indicare le cinque cose per cui vale la pena vivere. Dunque, ecco le mie:
1. La musica
2. Gianpiero
3. Gli amici
4. Le vacanze da sola
5. Le crostate della nonna

Ore 12.00
Stamattina mi sono sfogata con la nonna. Le ho raccontato della festa di ieri sera e alla fine siamo finite a parlare di Cesare. Lei ha capito benissimo che tra me e lui qualcosa non va... Senza mezzi termini mi dice che è un idiota e non mi merita. Ma soprattutto si mette a parlare di sesso. Di SESSO! E dice che alla mia età ho tutto il diritto di vivere serenamente i miei sentimenti e anche il mio piacere. NONNA SEI GRANDE. Altro che papà... quando è arrivato, euforico perché i carabinieri gli avevano ritrovato la Simca, gli ho detto che dopo l'esame volevo andare a trovare Chicca a Berlino. Lui ha risposto che prima voleva vedere lo scalpo dei miei professori. Non solo. Quando ho cercato di fargli capire che avevo bisogno di affetto, che mi sentivo un po' giù, ha trovato un'unica soluzione ai miei problemi: la pappa reale.

Droga party

Anche oggi vado da Martinelli, ma invece di parlare dell'esame e delle cose da ripassare, andiamo a fare un giro. Lui si mette addirittura a raccontarmi la sua vita. Da giovane anche la Carogna doveva essere forte. Suonava in un gruppo musicale che si chiamava The Dark Side of The Moon. Come l'album dei Pink Floyd. Insomma, sembra tutto meno che un professore. Mi confida che avrebbe voluto essere diverso dai suoi insegnanti, ma, evidentemente, non c'è riuscito. Poi mi stupisce facendomi a sorpresa una richiesta incredibile: sono venticinque anni che non si fa una canna... gli posso procurare del fumo?

Premesso che io mi sono fatto una canna una volta sola durante una gita a Pompei e mi sono sentito talmente male da collassare... gli rispondo subito di sì. Nessun problema. Così me lo tengo buono. Perfetto! Divento il suo pusher e lui non mi boccia! Anche questa può essere la strada per superare l'esame.

Quando torno a casa trovo Massi che mi aspetta sotto il portone. Gli dico che sono contento di vederlo, perché gli devo dire una cosa incredibile, ma lui non me ne dà il tempo, anche lui ha una cosa incredibile da dirmi: Simona ha fatto il test. Negativo. Cioè non è incinta. Ma in questi casi non c'è la sicurezza matematica. Il ritardo continua e Massi è ormai ridotto a un'ameba.

Nel tardo pomeriggio io, Massi e Alice andiamo da Riccardo. Lui abita in una villa con giardino e spesso capita che studiamo da lui. Ma questa volta avevamo una missione da compiere.

Siamo lì per decidere gli argomenti dei temi finti da vendere. Riccardo è riuscito addirittura a farsi fare da una tipografia un timbro falso del ministero dell'Istruzione e ha perfino trovato le buste originali. Un artista della truffa!

Come argomenti, dopo discussioni serrate, scegliamo: il Romanticismo, i conflitti tra comunità nazionali e gruppi etnici e il mito di Ulisse.

Decidiamo anche il prezzo: 100 sacchi. Se ci va bene, Riccardo ci ripara il danno e noi ci paghiamo qualche pizza. Alice ci tiene a precisare che ci sta aiutando solo per amicizia ma si dissocia. Ma allora perché sta qua? Per me? Noooooo... perché c'ho 'sto chiodo fisso?

La madre di Riccardo, una signora gentile ed elegante, ci porta dei tramezzini senza capire un accidenti di quello che stiamo facendo. Riccardo, come suo solito, la tratta male.

Vedendoli battibeccare mi viene da pensare che Riccardo è condannato a un padre assente e troppo importante e a una madre troppo remissiva. Riccardo in cuor suo sa che non raggiungerà mai il livello del padre, ma costantemente prova ad attirare l'attenzione del genitore su di sé. Chissà se prima o poi ci riuscirà.

A un certo punto prendo in disparte Riccardo e gli chiedo di aiutarmi. Ho bisogno di un po' di fumo. Lui mi chiede per chi è, ma io temporeggio e per qualche minuto riesco a non dirglielo. Alla fine, però, per averlo devo svelare il nome del destinatario del fumo. La Carogna. Riccardo rimane senza parole. Ha paura che io sia diventato troppo pappa e ciccia con il nostro nemico. Ma io lo rassicuro. È solo una tattica per pararmi il culo all'esame!

All'indomani vado dal prof. È solo in casa.

Passano dieci minuti e, dopo un iniziale imbarazzo da parte di entrambi, scatta la cannetta in soggiorno.

Neanche Nostradamus avrebbe potuto prevedere questa scena: io, Luca Molinari, che mi faccio una canna col professor Martinelli!!!

Approfitto del fatto che ho il "membro interno" tutto a mia disposizione e inizio a tempestarlo di domande, chiedendogli consigli su come affrontare gli esami. Gli confesso che un po' di paura mi è venuta, ma soprattutto che trovo stupido che la verifica di un anno di studi si chiami in un modo così pomposo e sproporzionato: "esame di maturità". La maturità si può dimostrare in tanti modi, non certo e non solo dando prova di conoscere la data o il luogo di nascita di Leopardi. Parlo tutto d'un fiato e lui mi ascolta con attenzione. Mi dà ragione, ma, quasi scusandosi, mi spiega che i programmi li fa il ministero. Lui, purtroppo, è solo un esecutore. «Che però» lo incalzo «applica con fin troppa diligenza gli ordini che gli arrivano dall'alto.» Ho paura di averlo ferito. Lo vedo vacillare.

Mi guarda negli occhi. «Ti voglio aiutare» mi dice. «Quando agli orali sarai in difficoltà, perché sicuramente sarai in difficoltà, dirò a tutti quello che hai detto, che il candidato agli esami di maturità deve dimostrare la sua visione del mondo, la sua capacità di interpretare la realtà...»

Mi illumino. È fatta! Lui ormai è dalla mia parte. Sono promosso automaticamente. Garantito.

Il fumo gli scioglie la lingua.

Mi parla ancora della moglie, del suo strano e difficile rapporto con la figlia. Di quanto è triste. Ma lo dice ridendo, col sorrisetto sulle labbra. Potenza del fumo! E inizia a farmi strane domande.

«Ma... se ti dico Woodstock a te che cosa ti viene in mente?»

«L'uccellino di Snoopy!» rispondo sicuro.

«Ma fammi il piacere! Lo vedi? Tu non studi. Il movimento, Luca! La lotta studentesca, Jimi Hendrix che brucia la chitarra simbolo del capitalismo americano!»

«C'è tutto questo dentro a Snoopy?» gli rispondo, ripassandogli la canna.

«Ancora con 'sto Snoopy? Ti sto parlando del più grosso raduno giovanile mai avvenuto nella storia!»

A questo punto si alza e si infervora... «Agosto 1969... 800.000 ragazzi, tra cui il sottoscritto, si riuniscono in un prato attorno alla fattoria di Max Yosgur, a ottanta chilometri da Woodstock, si spogliano nudi e fanno l'amore libero ascoltando la più bella musica di tutti i tempi!

«Mia madre pensava che stavo in un college a studiare inglese, io invece mi ero rimorchiato in aereo due ragazze norvegesi con quattro pere così... due per una... molto disinibite... e per tre giorni consecutivi le ho massacrate!»

Proprio in quel momento rientrano in casa il figlio del prof e sua madre. Ci trovano così, con la canna in mano. Mi scotto un dito per nasconderla, ma Roberto se ne accorge subito.

«Papà! Ma che, ti fai le canne? Sei impazzito?»

Un figlio che fa un cazziatone a suo padre! Che scena indimenticabile!

Io cerco di metterci una pezza spiegando che stavamo ripassando storia contemporanea, il Novecento. Ma nessuno la beve!

Ore 19.00

Papà si fa le canne!!!

L'ha beccato Roby oggi pomeriggio! Cioè... da non crederci! Nonna sta ancora ridendo. Patetico! Ho deciso. Ho trovato cento buoni motivi per lasciare Cesare. So già come andrà la serata. Usciremo insieme, lui mi porterà a mangiare un gelato, poi al Gianicolo a pomiciare in macchina. Io gli dirò che è finita e lui si incazzerà come una bestia. Del resto, come dicono le mie amiche: "Quando ci siamo messi insieme, io avevo quindici anni e lui diciannove. Ora io ne ho diciannove e lui... quindici". Va be'! Correrò questo rischio. Ho deciso. Nonna ha ragione, devo vivere la mia vita.

Ecco i miei motivi per lasciare Cesare:

1. È possessivo fino alla paranoia.
2. Guarda tutte le mie amiche.
3. Fa sempre le stesse cose.
4. Preferisce giocare ai videogiochi piuttosto che stare con me.
5. Non mi fa mai le coccole.
6. Non è romantico e non gli piacciono i tramonti.
7. Porta dei calzini ridicoli.
8. Ascolta della musica assurda.
9. Non mi dice mai quello che pensa.
10. È presuntuoso come pochi.
11. Se la tira, ma in realtà non sa quasi nulla.
12. Ha una camminata ridicola.
13. Preferisce la compagnia di mio fratello.
14. Non mi fa mai regali.
15. Mai nemmeno un pensiero piccolo come un fiore.
16. È un bambino viziato.
17. Quando andiamo in giro insieme cammina sempre due passi avanti e non mi dà mai la mano.

18. Non legge mai i libri che gli regalo.
19. Mi telefona solo per motivi pratici, mai una telefonata fine a se stessa.
20. Quando mi bacia gli puzza l'alito di bruschetta.
21. Legge fumetti scemi.
22. Il dopobarba che usa sembra quello di mio nonno.
23. È arrogante fino all'eccesso.
24. Mastica rumorosamente.
25. Mi tratta come fossi sua sorella minore.
26. Non sa distinguere un cucciolo di cane da un cucciolo di gatto.
27. Non mi porta mai allo stadio a vedere le partite con lui.
28. Si diverte a togliere la coda alle lucertole "perché tanto ricresce".
29. Non mi porta mai al cinema.
30. … E non amiamo neanche gli stessi film.
31. Dorme con la luce accesa come i bambini.
32. Parcheggia sempre nel posto per gli handicappati.
33. Quando perde ai videogiochi, bestemmia.
34. Detesta i miei poster.
35. È un povero idiota.
36. Anche quando fa il carino è penoso.
37. Confonde sempre Linus con Snoopy.
38. Non sa neanche come si scrive "Snoopy".
39. È un immaturo.
40. Copia le battute di Groucho e anche male.
41. Quando guarda la televisione si imbambola.
42. Il suo profumo al pino silvestre fa veramente vomitare.
43. Il pullover che gli ho regalato non l'ha mai indossato.
44. Gli puzzano i piedi.
45. Ha una grafia illeggibile.

46. Quando facciamo l'amore mi viene sempre da pensare ad altro...
47. ... E poi mi viene sonno.
48. Ha i denti cariati.
49. Suo padre è insopportabile.
50. Sua madre cucina malissimo.
51. Guarda sempre il culo della mia amica Chicca.
52. È stupido.
53. Perché poi non sopporta nemmeno Chicca!
54. Dice che Cabrini è frocio.
55. Perché è solo invidioso.
56. Quando legge i miei fumetti di Dylan Dog, mi rovina sempre la copertina.
57. E poi guarda solo le strisce con le scene di sesso.
58. Ancora deve restituirmi il numero otto di Dylan.
59. Per questo non gli presto più i miei fumetti.
60. A tavola è maleducato.
61. Non sopporto quando parla a bocca piena.
62. Mangia la carne troppo al sangue.
63. E la pasta con troppo formaggio.
64. È un cafone patentato.
65. Lo becco sempre con le dita nel naso.
66. Potrebbe pulire ogni tanto la macchina!
67. Russa come un orso.
68. E non lo vuole ammettere!
69. Non è in grado di decidere cosa farà da grande.
70. Odia la politica.
71. È troppo spericolato quando guida.
72. Odia i sentieri naturalistici.
73. Non sa andare in bicicletta.
74. Non mi sorprende mai.

75. Non sa apprezzare quello che faccio per lui.
76. Ha paura delle cavallette.
77. È un opportunista.
78. Quando beve non si controlla.
79. Non mi ha mai scritto una lettera.
80. Neanche un biglietto d'auguri.
81. Non ricorda mai la data del mio compleanno.
82. Io ricordo perfino quella di suo padre!
83. Non ha senso dell'umorismo e si prende sempre troppo sul serio.
84. Quando guida mi fa venire sempre il mal di testa.
85. Mastica le gomme a bocca aperta.
86. Butta le carte dal finestrino.
87. Ha sempre le mani sudate.
88. Critica sempre le mie amiche.
89. Non mi presenta mai ai suoi amici.
90. Balla fuori tempo.
91. È stonato come una campana.
92. Non sa nuotare senza pinne.
93. Sputa sempre nella maschera e non mi spiega mai perché.
94. Mi porta sempre negli stessi posti.
95. Ha i piedi piatti.
96. È volgare quando è con i suoi amici.
97. È facilmente influenzabile.
98. È troppo peloso.
99. Non mi ama come vorrei.
100. Forse non mi ha mai amato.

Ore 1.00
Nonna... PERCHÉ???

Vendesi temi

Alla fine ce l'abbiamo fatta! Dopo qualche discussione, abbiamo preparato i temi. A dir la verità abbiamo impiegato più tempo a discutere i titoli che a scriverli, perché il segreto è tutto lì, trovare dei titoli che siano sufficientemente da burocrati, convinti però di essere fichi e moderni. Mentre li componevamo, sembravamo Totò e Peppino in quella scena di *Totò, Peppino e la Malafemmina*, quando scrivono la famosa lettera. Credo che ora i nostri temi siano a prova di bomba. Questi i titoli.

"Gli ideali di libertà attraversano i popoli e sono un irrinunciabile patrimonio di tutti. Quali sono le principali motivazioni che hanno portato nella Storia e che portano tuttora all'avversione tra comunità nazionali e gruppi etnici diversi?"

"In Alessandro Manzoni il pessimismo religioso e il convinto liberalismo convergono fino a costituire un tratto imprescindibile della sua personalità. Il candidato dica come la sua figura e la sua opera abbiano influenzato il Romanticismo e la storia d'Italia."

"Il viaggio dell'eroe costituisce da sempre, dal mito di Ulisse, l'elemento portante della letteratura. Illustri il candidato, con particolare riferimento alle letture dantesche, quali opere esercitano maggiormente il loro fascino e il loro insegnamento ai giorni nostri."

Decisi i titoli, scrivere lo svolgimento è stato una sciocchezza. In pochi minuti abbiamo copiato dai libri un po' di cazzate ed eccoci qui pronti per una grande giornata di business. Venderemo cinquanta copie dei temi durante una festa organizzata appositamente. Sappiamo che la vendita deve avvenire in simultanea, dal giorno successivo tutti faranno fotocopie a man bassa.

Ore 18.00

Funerali della nonna.

Papà ha fatto un discorso bellissimo. Io non sono riuscita a trattenere le lacrime per tutta la cerimonia.

C'era pure la mamma che a suo modo cerca di essere la migliore delle mamme possibili. In fin dei conti, lei alla nonna ha voluto sempre bene. Fuori dalla chiesa ho visto anche Ludovico. Durante la funzione non l'avevo visto, forse era seduto nell'ultima fila. In disparte.

Ho lasciato gli altri che non facevano altro che dire le solite frasi di circostanza e gli sono andata vicino. Lui mi ha sorriso appena. Mi sembra di vederlo ancora che balla con nonna, che le sfiora i capelli, che la fa sorridere.

Gli ho stretto la mano. Poi lui se ne è andato via.

Papà mi si è avvicinato. Voleva sapere chi fosse quell'uomo. Chissà cosa ha pensato quando gli ho detto "il fidanzato della nonna". Mio padre non sa nulla di me e non sapeva niente di sua madre.

Caro diario, per oggi è tutto… in fondo la vita non è così bella come dicono.

Ore 21.30

Sono a casa da sola. Penso alla mia vita, al mio futuro, all'amore. Ho messo un disco, quello che mi fa più piangere.

È sempre così. Quando uno è triste, ascolta la musica che più gli stringe il cuore. "Cosa speri, cosa sogni, da grande che farai. / Se ti blocchi contro il vento o spingi più che puoi, / se hai paura certe notti, se ti senti sola mai… / Così sola da non poterne più. / Se hai bisogno d'affetto, se ne hai bisogno come me, / se hai bisogno di affetto e di qualcosa che non c'è…"

E mi sono messa a cantare, senza bisogno del karaoke:
"Ho bisogno d'affetto, per oggi tienimi con te. / Ho bisogno di affetto, ho bisogno anche di te. / Ho bisogno d'amore e di qualcosa che non c'è!"

Ciao nonna. Sei stata una super nonna.
Non ti dimenticherò mai.
Sono stata a lungo sotto la doccia. In lacrime. Ho lasciato che l'acqua mi scivolasse addosso. Sperando di lavare via la malinconia.

Ore 2.00
Non riuscivo a dormire e ho sentito degli strani rumori nel soggiorno. Sono uscita dalla mia stanza e ho visto papà suonare il suo organo elettrico. Non lo faceva da anni.
Mi sono avvicinata a lui. Sono bastati pochi gesti e pochi sguardi e improvvisamente ho capito che tra me e mio padre qualcosa è cambiato.
Trenta ore all'esame di maturità e non ho più paura.
Grazie nonna Adele.
Da quanto tempo papà non suonava?
E da quanto tempo non mi chiamava "amore"?

La beffa

Ancora un giorno passato a studiare. Stavolta a casa di Alice. A farci domande cretine. Io ormai sono più rilassato. Alice non riesce a studiare senza la musica perciò lascia sempre la radio in sottofondo, ed è proprio alla radio che alle 15.40 di oggi, 22 giugno, un tale sottosegretario all'Istruzione Faggiani, dai microfoni di Radio RAI, annuncia che "per l'impossibilità di comporre le commissioni tutti gli ammessi all'esame sono automaticamente promossi". Cioè in parole povere: la più grossa botta di culo nella storia dell'universo!

Tempo mezz'ora in tutta la città si sparge la voce, gruppetti di diciottenni esultano in piazza come se l'Italia avesse vinto nuovamente i mondiali. Tempo tre quarti d'ora siamo tutti mezzo ubriachi in piazzetta, dove io e Riccardo iniziamo a strappare i nostri libri come in un rito sacrificale. Anni di sudore, fatica e compiti che si disperdevano in un attimo. A un certo punto passa anche Martinelli che ha parcheggiato la sua Simca 1000 proprio davanti alla piazzetta. Riccardo lo vede subito e lancia un grido che tutti raccolgono immediatamente: "Devi morire... devi morire... devi morire...". Martinelli si ferma e mi fissa. Io non so cosa fare, poi Riccardo mi prende di punta e io non posso fare a meno di unirmi a quell'urlo

"Devi morire… devi morire… devi morire…". Mi sembra che a Martinelli esca il ghigno che per anni ci ha accompagnato durante le interrogazioni e io, lo confesso, mi sento morire. Niente in confronto a quando arriva Santilli con la terribile notizia che è tutto uno scherzo. Altro che sentirmi morire, voglio sprofondare, essere seppellito, disintegrato. L'esame si fa eccome! Due conduttori di Radio RAI si sono inventati tutto per fare uno scherzo… bello scherzo! Complimenti! Li vorremmo strozzare con le nostre mani!

L'ultimo giorno

Più tardi Massi ci dà la notizia del secolo: ebbene sì, Simona è davvero incinta!!!

Cavolo! Che tranvata il giorno prima dell'esame.

Tutto il resto passa in secondo piano. Massi l'ha presa bene. È seduto al baretto in piazzetta con me e Riccardo e ci giura che ha capito che deve lasciare da parte il Massi a cui c'eravamo affezionati, il Massi cazzaro, per abbracciare una nuova vita, fatta di lavoro e famiglia.

All'improvviso, però, si apre il portone di casa di Simona e appare lei più incazzata che mai. «... Adesso chiudi la bocca e mi stai a sentire, verme schifoso! Ho letto tutto nel diario di mia sorella! M'ha detto tutto! Mi fate schifo... siete le persone più schifose sulla faccia della Terra! Loredana è mia sorella! È mia sorella, porca puttana! Come hai potuto! Ma che ti dice il cervello? Da ora in poi non ti azzardare nemmeno a farti vedere da lontano perché t'ammazzo! Anzi v'ammazzo a tutti e due! Siete due stronzi! Anzi, la più stronza sono io che sono rimasta incinta di un idiota come te!»

In situazioni estreme come quella in cui si trova ora Massi è pure difficile scegliere per quale ragione soffrire di più. Se disperarti perché la tua fidanzata ha scoperto che sei andato a letto con la sorella. O perché quella stessa ragazza ti ha appena tumultuosamente confermato che aspetta un bambino da te. Be', roba da fuga su un'isola deserta! Massi rimane lì, come un ebete, impalato di fronte al citofono. Cosa dire in questi casi? Forse arrendersi all'evidenza e buttarla sul patetico? Tramutarsi in uno zerbino vivente e sperare che la ragazza che ami ti usi almeno per pulirsi le scarpe? Massi poggia l'indice sul citofono e aspetta... un secondo, due secondi, tre, quattro, cinque:

«Chi è?»

«Simona... sono io. Amore scendi ti prego... lasciami spiegare.»

«Ma vaffanculo va'!»

Non credo che Simona abbia molta voglia di parlargli.

Ore 18.00
È il giorno prima degli esami.
Vale mi ha invitato a fare una passeggiata per chiacchierare.
08 Ci è rimasta male quando le ho detto che uscivo con un ragazzo.
Non le ho detto che il ragazzo ha quasi ottant'anni.
Ho passato il pomeriggio con Ludovico alla scuola di ballo.
10 Mi ha raccontato i progetti che faceva con nonna.
Io gli ho parlato di Gianpiero. Lui mi ha detto una frase
strana: "A volte i miracoli avvengono davvero, quando meno
12 te lo aspetti".
See... magari.
14 Abbiamo ballato insieme. E alla fine gli ho promesso che sarei
andata a trovarlo spesso. Qualcuno mi ha scambiato per sua
nipote e io l'ho confermato. La cosa lo ha riempito di gioia.
16 Non me ne frega un cazzo di Cesare, degli esami, di niente.
Ho perso troppo tempo appresso a cose che non mi interessano.
Da stasera si cambia. Nasce la nuova Claudia.
18
20
22

Ed è subito sera

Seduto sulla balaustra del Lungotevere, fisso le acque rossastre che scorrono sotto di me.

L'ultimo tramonto prima degli esami è strano. Ti chiedi che cosa succederà il giorno dopo e magari senti come un presagio di fallimento ma cerchi di non dargli ascolto. Non hai fame, non hai sete, qualsiasi cosa cerchi di ripassare non ti entra in testa perché sei talmente in ansia che neanche riesci a respirare e allora ti aggrappi a qualsiasi speranza. E, per non stare male, cerchi una soluzione.

La soluzione per me è una sola: sapere in anticipo i titoli dei temi. E la madre di tutte le soluzioni sembra essere un certo Lorenzo Falaschi, un ripetente dell'EUR che a quanto pare è entrato in possesso delle tracce dei temi! Li vende a 500.000 lire... un botto! Però a me servirebbero come il pane, specialmente a dodici ore dall'esame e soprattutto perché quel poco che ero riuscito a recuperare nel rapporto con Martinelli me lo sono bruciato per colpa di quello stupido scherzo radiofonico! Certo, passare sotto casa di Simona e trovare Massi in ginocchio davanti al portone un po' mi distrae e anche mi diverte. Ma certo non basta a placare l'ansia. Mi avvicino a lui e gli sussurro che io e Riccardo andiamo a comprare i temi, notizia che farebbe esplodere di entusiasmo qualsiasi diciottenne sano di mente. Lui invece annuisce. Svagato. Non gliene frega proprio niente. La sua vita ha preso una piega talmente assurda, talmente vera, in un modo così violento che essere bocciato agli esami potrebbe veramente sembrare il male minore.

Mezz'ora dopo io e Riccardo stiamo sfrecciando sulla Colombo col mio Boxer che, ogni tanto, dà segni di cedimento. Arriviamo in un posto mai visto, nei pressi dell'EUR, dove abbiamo appuntamento con questo fantomatico Falaschi.

Quattro ragazzi con facce molto poco raccomandabili e con giubbotti un po' aggressivi si avvicinano. Il rumore assordante delle loro marmitte li ha preceduti di circa un chilometro. Io deglutisco impaurito: «Ma non è che questi ci gonfiano e ci rubano il motorino?».

«Può essere...» mi risponde Riccardo, serafico.

Il Falaschi ha i capelli rasati ai lati e un po' più lunghi sopra, un'acconciatura che non ho difficoltà a definire da naziskin. Nonostante il caldo indossa un chiodo nero sopra una maglietta bianca con una scritta celeste: IRRIDUCIBILI. Il suo dialetto già lo avevo sentito per telefono e i congiuntivi per lui erano un optional trascurabilissimo. Gli amici, giganteschi orchi con la terza elementare, ci scrutano minacciosi senza parlare. Forse non sanno ancora parlare. Ci sono dei momenti nella vita in cui avere un motorino che ci impiega cinque minuti ad accendersi può rivelarsi un grosso problema. Se avessi avuto una bella Honda XL sarei fuggito sgommando in un battibaleno! Ma invece ho questo maledetto Boxer sfasciato e Falaschi mi si avvicina sempre di più ad altezza "capocciata in bocca". Pure Riccardo inizia a preoccuparsi per tutti i soldi che c'abbiamo in tasca.

Dopo qualche secondo di silenzio il nostro carnefice proferisce parola: «Sei Luca?».

«Sì... tu sei Falaschi?»

«Ahò, bello, chiamame Tracina, che Falaschi me ce chiamano solo a scola.»

«Okay, scusa Tracina.»

«Hai portato i 500 sacchi?»

«Certo.»

«Bella secco! Vie' co' me!»

Abbandono Riccardo con i tre Chubecca e seguo 'sto Falaschi dietro a una roulotte. Lo scambio è rapido: io gli do cinque carte da 100.000 e lui mi dà la busta coi temi, sigillata e con il timbro del ministero... Mamma mia! C'ho addosso un misto di paura ed euforia. Una pacca sulla spalla e ritorno da Riccardo, che nel frattempo era stato costretto a comprare un etto abbondante di fumo. Due minuti dopo stiamo già in una cabina telefonica.

«Pronto, mamma! Che, ha chiamato Massi?»

«No, ha chiamato Alice!»

«E che voleva?»

«Ha detto che devi richiamarla urgentemente.»

«Va bene. Ma'...»

«No! Non va bene niente! Domani hai l'esame e stai ancora in giro! Quando torni?»

«Mamma, torno tra poco, non ti preoccupare, però intanto se chiama Massi digli che quella cosa è andata benissimo!»

«Quale cosa?»

«Una cosa, ma', che palle! Digli così! Ciao!»

«Va bene, va bene... tanto con te non ci si capisce mai niente!»

Ore 23.00

Cena beneaugurante col professor Papà! Dice che una pizza la sera prima degli esami aiuta a distrarsi (anche lui ne ha bisogno, perché la mancanza di nonna in casa si sente). Sarà, ma io questa sera non avevo proprio voglia di distrarmi. Ci si è messo anche Roberto. Ha cercato di dire che il suo esame delle medie era più difficile della maturità. Allora io ho reagito e ho chiesto a mio padre quello che penso da sempre: che senso ha prendere 60? Che mi frega? Perché devo prendere 60 per forza?

E lui per la prima volta in vita sua mi ha stupito. Mi ha detto che non vuole che prenda 60. O meglio, questo era quello che voleva prima. Vedermi impegnata per qualcosa, qualcosa che abbia un senso per me, lo renderà felice. E se non viene 60, chissenefrega! Oddio, la morte della nonna deve aver avuto anche su papà un effetto devastante. Non è da lui 'sto discorso oppure stava solo sclerando per la tristezza ma poi, quando rientrerà in sé, se io non prenderò 60 saranno dolori. Roby è rimasto muto tutto il tempo a guardare la sua Coca-Cola. Mentre scrivo sto ascoltando i Simple Minds e se Dio me la manda buona, giuro, quest'estate vado in Irlanda… anche se Vale m'ha detto che i Simple Minds non sono irlandesi ma scozzesi. Uff… che palle! Vorrei che fosse già tra un mese.

P.S.

Stasera, in pizzeria, abbiamo incontrato un'alunna di papà, si chiama Alice. Mi pare matta… sembrava quasi sorpresa che il suo professore potesse avere una figlia… anche i professori sono uomini, sai, Alice?

P.P.S.

Chissà cosa starà facendo adesso il mio Gianpiero.

La rivelazione

Riccardo apre la busta coi temi, lo fa lentamente come se fosse una delicata operazione chirurgica. Come se spillasse le carte al giro di poker della vita. Lo fa tremando apposta per creare la suspense. Inizia a cazzeggiare, facendo finta di essere Mike Bongiorno: «Quale busta sceglie? La uno, la due o la tre?».

«Scegli la busta che ti pare. Basta che mi dici i titoli!!! Manzoni? D'Annunzio? Montale? Il Muro di Berlino? La Perestrojka? Il Bicentenario della Rivoluzione francese? Cosa c'è scritto? Quali sono 'sti benedetti temi?»

Riccardo gli dà un'occhiata e poi mi guarda inespressivo:

«Luca...»

«Che c'è?»

«So' i nostri! C'hanno venduto i temi nostri! C'hanno rivenduto le banane in Africa.»

«Nooooo! Bastardi!»

Capito? Quei cazzo di temi finti avevano fatto il giro di Roma ed erano arrivati fino a un coatto dell'EUR che ce li ha rivenduti per mezzo milione! Che razza di balordo che sono! Una vera testa di cazzo! Sono un deficiente totale senza un briciolo di cervello e domani andrò a fare il tema d'italiano senza poter nemmeno ripassare perché ho bruciato tutti i libri che avevo! Se non mi bocciano loro, giuro che mi boccio da solo! Sono il Platini, il Cruyff, il Maradona, il Pelé delle teste di cazzo.

Riccardo a quel punto comincia a fumarsi la "madre di tutte le canne", seduto per terra di fronte alla cabina. Io con l'ultimo gettone che mi rimane chiamo Alice. Chissà che doveva dirmi...

«Pronto, Alice? Sono Luca.»

«Luca! Ti devo dire una cosa... Claudia...»

«Claudia che?»

«L'ho vista poco fa...»

«Oh, Dio santo! Dove?»

«Dove non è importante... *Con chi.*»

«C'ha l'uomo vero? È fidanzata con un fico che c'ha il Duetto rosso e i Ray-Ban a specchio? Vero? Chi è questo?»

«Il professor Martinelli! Stava con la Carogna.»

«Ma che dici... Claudia sta col professor Martinelli? Ma se c'avranno trent'anni di differenza!»

«Quanto puoi essere scemo, da 1 a 100, Luca. Claudia è sua figlia. Pronto? Mi hai sentito?»

Ho sentito benissimo. È la più brutta buona notizia che abbia mai ricevuto in vita mia!

A questo punto inforco il Boxer e lascio Riccardo come un allocco che, con la canna in bocca, non ha nemmeno la forza di corrermi appresso.

Corro come un disperato per la Colombo fino a quando il Boxer inizia a dare dei segnali di cedimento. Cerco di dare gas, di fare zigzag perché magari è la miscela che non defluisce più, ma forse è quella cazzo di candela che si è sporcata. "Resisti, ti prego. Resisti." Ma no, cazzo, si spegne. E non riparte più. Io lo prendo a calci inferocito. Devo assolutamente vedere Claudia... Claudia Martinelli! E allora corro! Corro veloce sulla Cristoforo Colombo, corro di fianco a motorini, macchine e mignotte, corro fino al Lungotevere, lo attraverso e taglio verso San Pietro, sempre di corsa, sudato, incazzato, innamorato. Io me ne frego e corro! I miei anni di allenamenti nel mezzo fondo acquistano immediatamente un senso. Mi faccio pure il Muro Torto in salita tutto di corsa! Arrivo sotto a quel portone che non ho più fiato e non so da quale buco respirare perché la bocca mi si è talmente assottigliata e i denti sono talmente digrignati che spero che almeno le mie orecchie sfiatino aria, altrimenti esplodo.

Al secondo piano di quel palazzo c'è la ragazza alla quale non faccio che pensare... ed è la figlia del prof! La figlia della Carogna! Ma in che film sono finito?

È quella bambina che stava nella foto sopra al tavolino, quella che si lamenta se il padre sente la musica a tutto volume... è Claudia!

Citofono, salgo le scale di corsa e mi ritrovo il professor Martinelli sul pianerottolo. L'ultima volta che ci siamo visti io mormoravo "Devi morire". E ora... ora sono qui perché ho scoperto che la donna della mia vita è sua figlia.

«Luca! Ma che hai fatto? Sei stravolto...»

«Sto bene... Sono solo sudato...» rispondo io affannato.

Poi tiro fuori tutta la mia ansia di sincerità.

«So che ho sbagliato e che ce l'ha con me... Mi bocci pure all'esame ma non mi chiuda la porta in faccia.»

«Ma che è successo?»

«Mi scusi per l'ora... si ricorda quando mi ha detto quella cosa professo'?»

«Quale cosa?»

«Che nella vita se uno vuole una cosa deve fare come John Wayne. *Go!* Perché solo così è possibile averla...?»

«Sì...»

«Be'... io ho attraversato Roma per quella cosa. Quella cosa... è sua figlia!»

Ore 1.00

Aveva ragione Ludovico: i miracoli esistono! Dio esiste!

La vita è una cosa meravigliosa! Poco fa mi è successa una cosa incredibile. Era mezzanotte e stavo ripassando.

A un certo punto *peeeee*! È suonato il citofono. Io sono sclerata perché credo che il citofono che suona a mezzanotte sia un brutto segno. Ho pensato che forse era successo qualcosa alla mamma, che ne so, un'altra tragedia di quelle che uno non se l'aspetta proprio… a volte succedono cose bruttissime una appresso all'altra. Insomma, mi sono infilata la felpa sopra il pigiama e sono uscita dalla stanza.

Papà stava parlando con qualcuno. Ma chi era?

Ma con chi stava parlando? Madonna… domani c'ho l'esame, che succede?

Superterrore!!! Allora ho preso coraggio e ho raggiunto l'ingresso.

Mio padre mi ha sorriso: «C'è una visita per te».

Ma chi? Chi era?

Un ragazzo. Sudato, affannato, con gli occhi simpatici…

Ma… ma…

«Ma tu sei… il ragazzo della festa!»

Notte prima degli esami

«Piacere, Luca. L'ultima volta che ci siamo visti eravamo alla festa!»

«Mi ricordo! Non ci posso credere.»

«Nemmeno io, Claudia… mi fa piacere vederti.»

Il professore ci guarda, poi ci lascia soli. Dice che va a farsi due passi. Ha capito che è di troppo.

«Ho pensato un sacco di volte a quella sera…» dice lei.

«Sapessi io…» aggiungo io emozionato.

«Che figata! Ma che ci fai qui?»

«Claudia, senti… io devo dirti una cosa.»

«Veramente anch'io devo dirti una cosa…»

«Ah, bene. Comincia tu allora.»

«Quel ragazzo mezzo francese che era alla festa con te… come si chiama? Gianpiero?»

«No… Riccardo…»

«Riccardo! Oddio, lo so che sembra pazzesco, ma… credo di essermi presa una cotta per lui!»

È la storia più vecchia del mondo. Lui ama lei ma lei ama l'altro… e l'altro è quasi sempre il tuo migliore amico.

Stanotte non ho sentito le campane, non è stata la più bella serata della mia vita e non c'è stata nessuna svolta. Claudia mi ha chiesto il numero di telefono di Riccardo e mi sono dovuto pure inventare una cazzata per giustificare la mia presenza a casa sua a notte fonda. Le ho detto che avevo i titoli dei temi della maturità e glieli ho dati... che poi sono pure falsi.

Che botta!

Esco dal portone sconfitto. Disperato.

Il prof è lì in strada a fumare una sigaretta. Mi vede in faccia.

«Buonanotte, professore...» gli dico sconsolato.

«Non è andata bene, eh? Non te la prendere... capita a tutti.»

«Sì, però così... è come perdere una finale ai rigori.»

Ho detto un'altra cazzata ma lui mi sorride intenerito: «Senti un po'... ripassa Leopardi. Se agli orali sei in difficoltà, te lo chiedo...».

Lo fisso grato e stupito.

Chissà, forse, come fidanzato della figlia gli sarei piaciuto.

Prima di rientrare nel portone di casa sua mi dà una pacca sulla spalla e mi ripete di ripassare bene Leopardi per gli orali. L'unica buona notizia della serata: perlomeno so cosa mi chiederà all'interrogazione. Vado via in silenzio facendomi pena e tenerezza insieme. Su un libro una volta mi sembra di aver letto che solo con la sofferenza e il dolore si diventa adulti, be' io credo di aver dato abbastanza per stanotte... Secondo quella teoria dovrei essere entrato ufficialmente nel mondo dei grandi... Che fregatura!

Non ho sonno, non ho paura degli esami, non ho nemmeno voglia di tornare a casa. Ho voglia di camminare... e allora cammino.

Passo davanti a scuola e vedo la finestra dove ho fatto gli ultimi anni di liceo. Passo davanti alle giostre dove mi portavano mamma e papà quand'ero piccolo. Passo addirittura sotto casa di Monica. Vedo le case, le strade, le piazze del mio quartiere che mi ha coccolato per diciotto anni. E, per ultimo, passo sotto casa di Simona. Massi è ancora lì!

«Ma che sei matto?»

È lì da non so quante ore in ginocchio. Lessato di stanchezza, con gli occhi rossi di lacrime. È stato preso in giro dai passanti, offeso dai barboni e infastidito dai cani... la polizia voleva addirittura portarlo in questura per accertamenti. Ma al poliziotto lui ha raccontato tutta la vicenda. L'uomo allora si è guardato col collega, gli ha infilato in bocca una sigaretta, gliel'ha accesa, sono risaliti in macchina e se ne sono andati, prendendolo pure per il culo: «Ehi, Gianni Morandi, non puoi stare lì in ginocchio da lei!».

Massi non ha mollato, è rimasto in ginocchio imperterrito e ci sarebbe rimasto tutta la notte finché lei non gli avesse dato una possibilità. Incredibile, per uno come lui, incostante, immaturo, cazzaro. La sua determinazione mi colpisce come un pugno.

Massi è veramente innamorato di Simona, le vuole bene, la apprezza, la adora. Non come me... a me è bastato passare dieci minuti con Claudia per *decidere* che era la donna della mia vita. L'amore si sente nel cuore, non si può decidere!

Mi inginocchio accanto a Massi e comincio a capire.

... è solo il giorno che muore,
è solo il giorno che muore.
Gli esami sono vicini, e tu sei troppo lontana
dalla mia stanza...

Di lì a poco arriva anche Riccardo. Ci vede da lontano, scuote la testa e lentamente si avvicina. Si inginocchia accanto a noi con la faccia di chi sta pensando "Ma guarda che mi tocca fare". Poi, in fondo alla strada, appare un'altra presenza amica, Alice, che ha due birre in mano. Una la passa a Massi e poi si inginocchia accanto a noi.

Restiamo lì, quattro amici in ginocchio, la notte prima degli esami, a fissare la finestra della casa di Simona. Che finalmente si illumina.

Quella notte è andata così. Non ho baciato Claudia, non c'è stato il lieto fine. Eppure me la ricorderò per sempre perché è stata una notte speciale.

Avevo diciott'anni, ero con i miei migliori amici e si era alzato anche un po' di vento che veniva dal mare.

Forse cambiati,
certo un po' diversi,
ma con la voglia ancora di cambiare,
se l'amore è amore, se l'amore è amore,
se l'amore è amore, se l'amore è amore,
se l'amore è amore.

Ore 14.30

Caro il mio diario, ti stupirai ma oggi non ti parlerò del tema (che comunque secondo me è andato alla stragrande!!!)

Oggi ti parlerò di quel soffio di vento che a mezzogiorno in punto stava portandomi via il foglietto con la cosa più importante del mondo: il numero di telefono di Riccardo!

Diario! Ti rivelo una notizia in esclusiva... tra un minuto lo chiamo!

Ore 14.35

L'ho chiamato. Una notizia cattiva e una buona.

La cattiva: non si ricorda di me! Ufffffffffff!!!

La buona: stasera usciamo insieme.

Ha una voce simpatica col suo accento buffo e l'erre moscia.

Ti adoro Gianpiero... anche se ti chiami Riccardo!

I temi

Entriamo a scuola per ultimi. Tutti insieme. Io, Alice, Riccardo, Massi, Simona. Pronti ad affrontare TUTTO.

Aprono la busta con i temi e iniziano a dettare i titoli. Ce ne fosse uno di quelli su cui mi sono preparato. Mi sento disperato, ma Alice si gira verso di me e mi strizza l'occhio per incoraggiarmi…

Gli orali

Eccomi davanti alla commissione. Dietro di me ci sono tutti: i miei genitori, Massi, Simona, addirittura Monica. Anche Riccardo e Claudia, mano nella mano, che si guardano e sorridono appartati da tutto e tutti.

All'ultimo momento arriva Alice...

La commissione è schierata davanti a me e io, lo ammetto, non sto facendo proprio una gran figura.

«... il nome di questo fenomeno è "tettonica a placche", che sembra una brutta parola ma è scientifico, e queste placche di terra scivolano tra loro... sono molto scivolose... e...»

Finché il presidente della commissione mi interrompe: «Molinari, la vedo un po' in difficoltà...».

Il professor Martinelli mi strizza l'occhio e chiede al presidente di potermi fare una domanda. Come d'accordo inizia il suo discorso sul senso della maturità, sull'importanza per i ragazzi di avere una visione della vita filtrata da quella dei Maestri. Per questo vuole che io parli di un poeta immortale che ha fatto storia...

Io sorrido...

«Allora, Molinari» fa il prof fissandomi negli occhi «mi parli di... Giosue Carducci!»

Io resto col sorrisetto inchiodato. Passano solo pochi

secondi e inizio a parlare di Carducci, come se fosse mio fratello.

«Sì... Giosue Carducci nasce a Valdicastello, in provincia di Lucca, nel 1835, e muore a Bologna nel 1907, un anno dopo aver vinto meritatamente il premio Nobel...»

La Carogna, sorpreso, mi sorride. Non è più il suo solito ghigno. È qualcosa di diverso. Chissà, forse è contento anche lui.

Se c'è una cosa che ho imparato in cinque anni di liceo è che non bisogna mai fidarsi di un professore. E così ho ripassato tutti i poeti italiani. Tutti, tranne Leopardi.

Luca ora insegna Lettere in un liceo classico. I suoi studenti usano un sostantivo per definirlo: "la Carogna".

Claudia fa l'avvocato. Lavora in uno studio specializzato in diritto di famiglia.

Riccardo è dirigente d'azienda. Responsabile del crack di una multinazionale, ora è latitante.

Alice fa la biologa in un laboratorio di analisi.

Massi ora lavora in banca.

Simona fa la programmista e la regista di programmi televisivi. Dopo anni di precariato è stata assunta in RAI.

Monica fa la casalinga disperata.

Santilli è diventato un serial killer.

«Notte prima degli esami»
di Luca e Claudia
Oscar bestsellers
Arnoldo Mondadori Editore

Questo volume è stato stampato
presso Mondadori Printing S.p.A.
Stabilimento NSM - Cles (TN)
Stampato in Italia - Printed in Italy